兒童成長故事注音本

膽小的勇士

劉健屏　著

中 華 教 育

目　錄

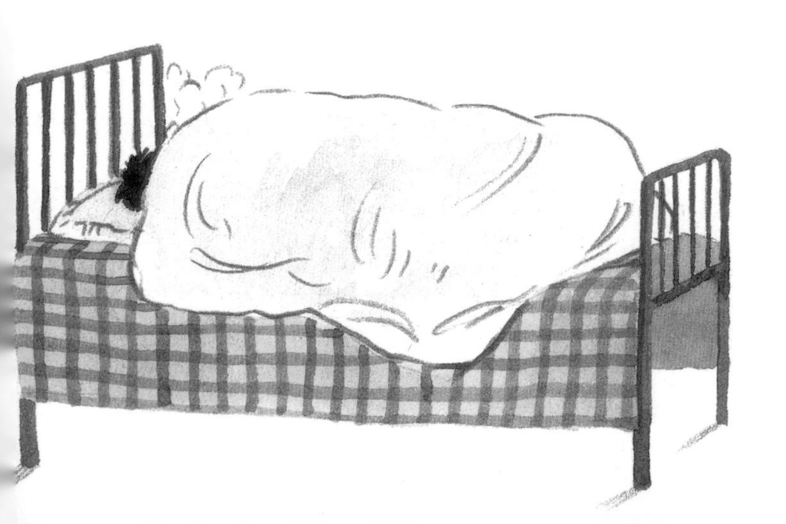

Màn huà shang de yú wēng

1. 漫畫上的漁翁

Yáo Jìng shì sì nián èr bān de qiáng bào zhǔ biān Tā bù jǐn gōng kè yōu xiù huà yě
姚靖，是四年二班的牆報主編。她不僅功課優秀，畫也
huà de huó líng huó xiàn tóng xué men dōu pèi fu tā Bān shang shuí zuò le hǎo shì tā néng yòng huà
畫得活靈活現，同學們都佩服她。班上誰做了好事，她能用畫
lái biǎo yáng shuí yǒu quē diǎn tā néng yòng huà lái pī píng Tóng xué men qǐng tā huà pǐ mǎ la
來表揚；誰有缺點，她能用畫來批評。同學們請她畫匹馬啦，
huà zhī gōng jī la tā zǒng shì yǒu qiú bì yìng ràng nǐ mǎn yì
畫隻公雞啦，她總是有求必應，讓你滿意。

Kě jīn tiān Luó Xiǎo bō pèng shàng le guài shì
可今天，羅小波碰上了怪事。

Fàng xué qián tā yě qù qǐng Yáo Jìng huà fú huà dǎ suàn tiē zài zì jǐ chuáng biān de
放學前，他也去請姚靖畫幅畫，打算貼在自己牀邊的
qiáng shang Yáo Jìng mǎn kǒu dā ying le huò lě yí huìr tā hū rán xiào xī xī de shuō
牆上。姚靖滿口答應了，過了一會兒，她忽然笑嘻嘻地說：
Luó Xiǎo bō nǐ kàn le wǒ de huà néng bǎo zhèng bù shēng qì ma
「羅小波，你看了我的畫，能保證不生氣嗎？」

Dāng rán bu shēng qì Luó Xiǎo bō xīn li jué de tǐng qí guài shì wǒ zì jǐ qǐng nǐ huà
「當然不生氣！」羅小波心裏覺得挺奇怪，是我自己請你畫

的，怎麼會生氣呢？放學後，他安不下心，就讓他的老朋友寧寧先去「偵察」一下，看姚靖究竟替他畫了甚麼玩意兒。一會兒，寧寧回來說：

「姚靖沒讓看，我只瞟了一眼。好像有漁網，還有一個漁翁。我問，是給羅小波畫的嗎？她說是的，還說是結合你的『志願』問題畫的呢。」

羅小波一個勁地搔起了頭皮。怪，太怪了！漁翁？志願問題？難道我羅小波的志願是將來當個「漁翁」嗎？真是！唉唉！姚靖今天是怎麼了？怎麼憑空把他和「漁翁」連在一起呢？「漁翁」，算甚麼志願！羅小波在夢裏也沒和他見過一回面呀！

羅小波心裏癢癢的，像有無數隻小蟲在爬。他確實樹立過許多志願——他的志願本來是打算保密的，先不說出來，等到實現了，嚇同學們一跳；但連他自己也不知道為甚麼，每當立下一個志願，總憋不住在同學們面前趾高氣揚地宣佈一次又一次。當然，這些志願經過試驗，都讓他一個個地拋棄了，新的志願到今天還沒「想」出來呢！但話得說清楚，這可不是他見好愛好、志願多變，實在是要實現那幾個志願難度太、太……怎麼說呢？

起初，羅小波是想當個小提琴家。

他家隔壁的瑩瑩姐，才比他大三歲，提琴可拉得就是優美、動人……反正叫你聽上三天三夜也不會厭。她不僅常到台上去獨奏，去年還考上了藝術學院哩。看瑩瑩姐拉得那樣得意，羅小波羨慕極了——嘿，我也要學拉小提琴！我要好好練，練得比瑩瑩姐還好，也上台去獨奏，還要錄音、灌唱片……嘻，寧寧家裏不是有架錄音機嗎？以後只要有空，約上幾個同學，把機器一開，磁帶往上面一放，播音員阿姨的聲音就會出來：「下面請聽小提琴獨奏，演奏者：羅小波……」哈，那該多麼美呀！對，我就當小提琴家。

可羅小波還沒小提琴呢。沒話說，向媽媽要！

「媽媽，給我買把小提琴吧！我保證不吃零食，也不要買藍運動衫了，保證好好練琴！」

Mā ma shuō Nǐ xiǎng dé dào shén me dōng xi de shí hou zǒng shì zhè yàng bǎo zhèng yòu bǎo
媽媽說：「你想得到甚麼東西的時候，總是這樣保證又保
zhèng de kě dōng xi yí dào shǒu cóng lái bú zhào zhe zuò Bù mǎi
證的，可東西一到手從來不照着做。不買！」

Mā ma wǒ yào dāng xiǎo tí qín jiā ne Mǎi ba Zhè cì yí dìng shuō dào zuò dào
「媽媽，我要當小提琴家呢！買吧！這次一定說到做到！
Yí dìng
一定！」

Mā ma hái shi bǎ qín mǎi lái le Kàn duō hǎo de tí qín Yóu guāng guāng qīng liàng
媽媽還是把琴買來了。看，多好的提琴！油光光、清亮
liàng qín xián yì bō dīng dīng dōng dōng Luó Xiǎo bō gāo xìng de yòu shì tiào yòu shì jiào mèi mei
亮，琴弦一撥，叮叮咚咚。羅小波高興得又是跳又是叫，妹妹

xiǎng pèng yí xià tā yě méi dā ying Zhè tiān wǎn shang tā yī yī yā yā de lā le dà bàn
想碰一下，他也没答應。這天晚上，他咿咿呀呀地拉了大半
yè shuì jiào shí yě bǎ tā fàng zài zhěn tou biān dì èr tiān tiān méi liàng yòu lā kāi le Dāng
夜，睡覺時也把它放在枕頭邊；第二天，天没亮又拉開了。當
rán tā hái bù dǒng zěn me lā fǎ shì zài hú lā
然，他還不懂怎麼拉法，是在胡拉。

Hái shi mā ma xiǎng de zhōu dào tì Luó Xiǎo bō qǐng le yí wèi jiāo tí qín de lǎo shī bìng
還是媽媽想得周到，替羅小波請了一位教提琴的老師，並
yuē hǎo měi xīng qī qù shàng yí cì kè
約好每星期去上一次課。

Luó Xiǎo bō qù shàng kè le Dì yī cì lǎo shī zhǐ jiāo le tā lā qín de zī shì hé
羅小波去上課了。第一次，老師只教了他拉琴的姿勢和
lā duō lái mī fā suō lián lā xī duō dōu bù jiāo Luó Xiǎo bō lèng zhù le Yí
拉「哆來咪發唆」，連「拉西哆」都不教。羅小波愣住了：一
gè xīng qī jiù lā zhè me jǐ ge yīn nǎ nián nǎ yuè cái néng shàng tái dú zòu Huí dào jiā li
個星期就拉這麼幾個音，哪年哪月才能上台獨奏！回到家裏，
tā zhào lǎo shī bù zhì de zhǐ lā le jǐ xià zi yòu zì jǐ hú luàn lā kāi le Shuō yě guài
他照老師佈置的只拉了幾下子，又自己胡亂拉開了。說也怪，
yǐ qián Yíng ying jiě zài jiā lā qín de shí hou mèi mei huì kuài huo de chě qǐ sǎng zi hè zhe chàng
以前瑩瑩姐在家拉琴的時候，妹妹會快活地扯起嗓子和着唱；
ér tā lā qín mèi mei jìng wǔ zhù ěr duo shuō tā zhī yā zhī yā xiàng yě jī jiào Dì
而他拉琴，妹妹竟捂住耳朵，說他「吱啞吱啞」像野雞叫。第
èr cì qù lǎo shī yào tā fù xí yí biàn Jiù nà jǐ ge yīn Luó Xiǎo bō jìng lā le yì tóu
二次去，老師要他複習一遍。就那幾個音，羅小波竟拉了一頭
hàn yě méi lā zhǔn Lǎo shī méi shuō shén me zhǐ shì yào tā zài liàn yì xīng qī Wǒ de tiān
汗也没拉準。老師没說甚麼，只是要他再練一星期。我的天！
Luó Xiǎo bō zhāng dà de zuǐ ba bàn tiān méi hé lǒng Zhè yàng liàn fǎ dào tóu fa bái yě xué bù
羅小波張大的嘴巴半天没合攏：這樣練法，到頭髮白也學不
chéng jǐ ge qǔ zi ya
成幾個曲子呀！

Dì sān cì Luó Xiǎo bō méi gǎn qù Yào shi zài lā bu zhǔn nà duō nán wéi qíng Zài
第三次，羅小波没敢去。要是再拉不準，那多難為情！再

說，老師告訴他，這次去還要學認「五線譜」。你見過「五線譜」嗎？那上面的音符簡直像一棵棵豆芽菜似的，你要認出哪棵「豆芽菜」是「哆」，哪棵「豆芽菜」是「咪」，嘿，世界上沒有甚麼比這更難的了。羅小波覺得自己的志願完全定錯了，就是練一輩子也成不了小提琴家。既然志願定錯了，也就不值得白費工夫練琴了，更不會發生像開頭那樣天沒亮就起牀拉琴的「奇跡」了——當然，現在這把琴還在，他也沒捨得送給妹妹，只是它老是躺在琴盒裏睡覺，弦兒上也有那麼一點鏽了……媽媽把他大罵一通，說他沒有恆心，長大甚麼事也幹不成。

羅小波才不做媽媽說的那種沒出息的人呢！不當小提琴家，難道就不可以選擇別的志願嗎？世界上，可以讓他幹一番大事業的事情多着哪！

果然，過不久，他又有了新的志願，說出來包叫你大吃一驚：他要當數學家了！嘻，一個看見算術就頭痛的學生，怎麼想起當數學家呢？

事情是這樣的：不知哪一位作家伯伯寫了篇文章，講陳景潤叔叔怎樣刻苦鑽研，攻克了世界上的數學難題。這可轟動啦！校長作報告談起陳景潤叔叔，老師上課談起陳叔叔，小隊活動也談起陳叔叔。羅小波班上有不少同學立志要像陳叔叔那樣長大當個數學家，羅小波聽了哈哈大笑：「當數學家？癩蛤蟆想吃天鵝肉啦！」誰知，這話讓老師知道了，找小波去談話。老師教育他不能挖苦人，還說：「只要你從小好好學習，不拖拉作業，有恆心，肯鑽研，把基礎打扎實，長大也可以當數學家嘛。」羅小波想：對呀！本來嘛，又沒有人規定誰可以當數學家，誰不可以當數學家，只要照老師說的那樣去做，就行。對，我明天，不，從現在開始，就照老師說的去做，也爭取當個數學家。

在班裏，羅小波的算術成績算不上好，也不是最壞，和他的個子差不多：中等偏矮。但他有個出名的壞習慣：作業拖拉。這天放學，算術老師佈置了家庭作業，還特地關照他：「明天早上得準時交來！」羅小波胸脯一拍：「保證！」既然想

15

當數學家了，作業還能拖拉？

吃過晚飯，他攤開作業簿開始做起算術題來。媽媽在邊上，一邊織着毛線衣，一邊教妹妹在哼着甚麼曲子，咿咿呀呀的。羅小波莊重地用手指骨在台子上「篤篤篤」地敲了幾下，嚴肅地說：「喂喂！我要當數學家了，現在開始工作了，你們能不能安靜點！」媽媽笑着說：「喲，好一副數學家的派頭！好，妹妹，我們進裏屋去。」屋子裏靜了，羅小波埋着頭做算術，算呀，算呀，忽然，他被第三道題難住了。怎麼算呢？他搔頭抓耳地不耐煩起來，鉛筆頂上的橡皮也被他咬呀咬地咬掉了。唉，要是把算術變成一種又省事又有趣的遊戲，那該多好！在他眼前，那些阿拉伯數字漸漸模糊了，消失了，接着出現的卻是一幅閃閃爍爍的方格的圖案——呀，這是電視機的熒光屏嘛！他慢慢地站起來了，挪動了腳步，不知為甚麼，那步子硬是朝院子前面的王阿姨家走去——哦，王阿姨家裏有一台電視機，他是常客了。不過，可不能冤枉他，他現在只是想去散散心，鬆鬆腦筋，最多只看一下今天放映的是甚麼片子，馬上就回去做算術……

哈！南斯拉夫故事片《橋》。好極了！這部片子他還沒看過呢！既然來了，就看一會兒吧，只一會兒！要不，明天班裏同學談論《橋》怎麼怎麼好看，他只能呆呆地站在一邊聽，那多掃興。

他不由得在一張凳子上坐了下來。

太緊張了！「老虎」他們怎麼會落在敵人手裏呢？不好！「貓頭鷹」帶了一卡車敵人來包圍山洞了。這個壞蛋！好，打得好極了！啊！爆破手摔到河裏去了！那個工程師真是個大呆子，就差那麼一點點，要是我，早把他拉上來了……

回到家裏，已是十點多了，他剛想坐下來做算術，上下眼皮就開始打架了。算了吧！明天早上做還來得及。陳景潤叔叔不是每天早上三點鐘起來讀外語嗎？對，我明天也三點鐘起來做算術！要當數學家，就得有這麼點精神。

記住，三點鐘起來！三點鐘！！他好幾遍告誡自己，同時又閉着眼睛想開了：以後每天早上三點鐘起來，把功課學

de hǎo hǎo de lún dào kǎo shì dé gè dì yī míng yí xià zi hōng dòng quán xiào Hōng
得好好的，輪到考試，得個第一名，一下子轟動全校……轟
dòng quán xiào zhī hòu lǎo shī ràng tā tiào le yì jí jié guǒ yòu shì dì yī míng Hā
動全校之後，老師讓他跳了一級，結果，又是第一名……哈，
Zhōng guó kē xué yuàn pài lǎo shī lái le hái duì tā jìn xíng gè bié kǎo shì méi xiǎng dào tā
中國科學院派老師來了，還對他進行個別考試，沒想到，他

們出的題目，也讓他一道道全答出來了，那幾位老師驚訝得嘴角咧到了耳朵邊……於是，他進了科技大學少年班……以後，他仍然三點鐘起來，鑽呀鑽，終於攻破了「哥德巴赫猜想」，不，這個已被陳叔叔攻破了，反正，反正他攻破了另外一個甚麼「猜想」，外國人把它叫做「羅小波定理」……同學們向他獻花呀，記者給他拍照呀，閃光燈一閃一閃，閃得他睜不開眼睛……

羅小波使勁一揉眼睛，媽呀，太陽曬到屁股上啦！他嘟起嘴，生氣極了！這太陽就喜歡捉弄人，總是這樣不聲不響地升起來，為甚麼不在他起牀後再慢慢地升起來呢！唉，別說作業又得拖拉，就是上學不遲到也得用運動會上一百米比賽的速度「飛跑」了。怪誰呢？只能怪那幾道算術題，都是它們太難了，要不，他也不會出去散散心、鬆鬆腦筋，也不會看電視，當然更不會睡過了頭。唉！不知是誰發明了這種算術，又難又煩，叫人頭痛，否則，他羅小波是絕不會再改變當數學家的志願的……

過了幾天，小波媽媽檢查他的算術作業，一看：唉，還是老樣子！成績從來沒有超過八十分，有兩次還險些不及格，老師差不多在每次作業後面都寫着：「注意！要按時交卷！」「記住，要改掉作業拖拉的壞習慣！」

媽媽真有點火了，她點着小波的鼻子說：「你有哪一件事做到底的？總是虎頭蛇尾，三分鐘熱度！上次，你說你從六月一日開始要天天寫日記，我給你買來了日記本，可你的日記卻永遠停在六月三日這個日期上，」媽媽搖着頭，長長地歎了口氣，「唉！你呀你……」

我，我怎麼啦？羅小波心裏可不服氣哪。媽媽盡是翻老賬，這些事情早就過去了嘛，以後還會這樣嗎？他也找過原因了，他之所以拋棄了當小提琴家、數學家的志願，完全是因為他不是那個料子，志願沒選準呀！要是他選擇到合乎他胃口的志願，還會隨隨便便地拋棄嗎？他才不是傻瓜蛋呢！這次，他下定了決心：以後選定了甚麼志願，可再也不改變了！

這天，他和寧寧到體育館去看籃球比賽。嘿，這場比賽

zhēn shì tài jī liè la jǐn zhāng de jiào rén lián qì yě chuǎn bu guò lái Luó Xiǎo bō zuì pèi fu
真是太激烈啦，緊張得叫人連氣也喘不過來。羅小波最佩服
hóng yī duì li de nà ge wǔ hào Tā pǎo de kuài dǎ de měng tóu lán zhǔn zuǒ yòu
紅衣隊裏的那個「五」號：他跑得快，打得猛，投籃準，左右
kāi gōng jīng cǎi jí le Běn lái zài zuì hòu shí miǎo zhōng li shuāng fāng hái shi píng jú jiù shì
開弓，精彩極了！本來在最後十秒鐘裏雙方還是平局，就是
bèi tā nà me yí gè jiǎ dòng zuò piàn guo duì fāng sān dà bù cuān shang qu duó dé le liǎng fēn
被他那麼一個假動作，騙過對方，三大步躥上去奪得了兩分。
Duō shao rén wèi tā gǔ zhǎng hè cǎi ya Kě yǐ shuō zhè chǎng lán qiú sài Luó Xiǎo bō shì dīng
多少人為他鼓掌喝彩呀！可以說，這場籃球賽，羅小波是盯
zhe wǔ hào yí gè rén kàn de Hū rán jiù zài zhè hū rán zhī jiān Luó Xiǎo bō xiǎng
着「五」號一個人看的。忽然，就在這忽然之間，羅小波想
dào tā de zhì yuàn nán dáo bù kě yǐ shì dāng gè lán qiú yùn dòng yuán ma
到，他的志願難道不可以是當個籃球運動員嗎？

Hā zhè tài fú hé tā de ài hào la Shuí bù zhī dao Luó Xiǎo bō zuì xǐ huan shàng
哈，這太符合他的愛好啦！誰不知道，羅小波最喜歡上
tǐ yù kè le Yī tā de xīn yuàn xué xiào li zuì hǎo yì tiān dào wǎn quán kāi tǐ yù kè Zài
體育課了。依他的心願，學校裏最好一天到晚全開體育課。再
shuō tā xiàn zài yǐ jīng shì bān jí lán qiú duì de qián fēng yǐ hòu liàn hǎo le dào xiào duì qù dǎ
說，他現在已經是班級籃球隊的前鋒，以後練好了到校隊去打
zhǔ lì zài yǐ hòu kě yǐ cān jiā shì duì shěng duì shèn zhì guó jiā duì hái kě yǐ chū guó
主力，再以後可以參加市隊、省隊，甚至國家隊，還可以出國
bǐ sài wèi guó zhēng guāng ma Hēi dào nà shí hou xióng jiū jiū qì áng áng de pǎo dào
比賽，為國爭光嘛！嘿，到那時候，雄赳赳、氣昂昂地跑到
mā ma miàn qián ràng tā kàn kan wǒ Luó Xiǎo bō dào dǐ yǒu méi yǒu chū xi Kàn mā ma hái huì
媽媽面前，讓她看看，我羅小波到底有沒有出息！看媽媽還會
bú huì duì tā tàn zhe qì shuō Nǐ ya nǐ Tā kuài huo de chuī qǐ le hū shào qìng
不會對他歎着氣說：「你呀你……」他快活得吹起了呼哨，慶
xìng zì jǐ yí xià zi xiǎng chū le zhè me yí gè zhì yuàn gǎn dào zì jǐ jué dìng bù dāng xiǎo tí qín
幸自己一下子想出了這麼一個志願，感到自己決定不當小提琴
jiā shù xué jiā zhēn shì tài yīng míng le
家、數學家真是太英明了！

他和寧寧商量了好半天（寧寧的志願也是當籃球運動員），兩人訂下了訓練計劃：每天除堅持跑步、練習投籃外，還得吊十分鐘門框——早說過，羅小波的個子在班裏只能算中等偏矮，而據人家說吊門框能長得快。籃球運動員嘛，就該是個高個子。

一天，羅小波剛踩上凳子吊到門框上，妹妹就叫了起來：「哥哥，哥哥，你怎麼又『上吊』啦？」

「上吊」？小孩子淨說小孩話，連「訓練」也不懂。羅小波沒理她。

妹妹跑過來搖着小波懸空的腳，問：「哥哥，你為甚麼吊在上面呀？為甚麼？」

就是她囉唆，真討厭！羅小波剛想把妹妹趕開，猛然想起，嘻！我在上面吊着，如果讓妹妹在下面拉我的腳，不是能長得更快嗎？好極了！他趕緊賠着笑說：「妹妹，你能把我拉下來嗎？對，就這樣抱住我的腳，往下拉！好，我們比一下。用勁拉！再用勁拉！加油！加油！」

21

羅小波額上的汗滲出來了，妹妹的臉也憋得通紅。可他還在喊「加油！用勁拉」！是嘛，當運動員不這樣「苦幹加巧幹」，能行嗎？！

又一天，媽媽看他又踩着凳子吊到門框上，虎着臉說：「看你把凳子上的坐墊踩成甚麼樣子，一天到晚不幹正經事！」

甚麼，不幹正經事？羅小波沒作聲，心裏想：嘿！等到以後，你到飛機場來迎接我比賽得勝回國的時候，你就知道吊門框算不算正經事了，可現在，不告訴你！

羅小波練呀，練呀，這下時間可長了，整整練了十五天。十五天哪！這可不是容易的，有時候倦得眼睛也睜不開，他還是一骨碌爬起來了；有時候吊門框手痠極了，他也咬着牙忍住了。忽然——又是忽然，他發現自己的進步太慢了，簡直可以說沒有進步。比如，沒練之前他投十個球，能進四個，但練了十五天，還是四個，有時還少一個呢。吊門框更氣人了，照計劃每天吊十分鐘，他暗中增加了一倍時間，還讓妹妹配

he xiǎng bǐ Níngning zhǎng de gèng kuài xiē shuí zhī diào le shí wǔ tiān měi tiān liáng ya liáng
合，想比寧寧長得更快些，誰知，吊了十五天，每天量呀量，
bié shuō zhǎng yì lí mǐ jī hū yì sī yì háo yě méi zhǎng Luó Xiǎo bō yǒu diǎn huī xīn le Zhè
別說長一厘米，幾乎一絲一毫也沒長。羅小波有點灰心了：這
bèi zi kàn lái bú huì zài zhǎng duō shǎo le Ǎi gè zi zěn me néng dāng lán qiú yùn dòng yuán ne
輩子看來不會再長多少了。矮個子怎麼能當籃球運動員呢？

Zhè yì tiān wài miàn hū hū de guā zhe xī běi fēng lěng kōng qì nán xià le Luó Xiǎo
這一天，外面呼呼地颳着西北風，冷空氣南下了。羅小
bō shuì zài chuáng shang Níngning yòu lái jiào tā qù pǎo bù tóu lán le Luó Xiǎo bō gāng bǎ shēn
波睡在牀上，寧寧又來叫他去跑步、投籃了。羅小波剛把身
zi cóng bèi wō li tàn chu lai mǎ shàng suō le huí qù Lěng na Tā gé zhe chuāng hu shuō
子從被窩裏探出來，馬上縮了回去：冷哪！他隔着窗戶說：
Níngning jīn tiān tài lěng le suàn le ba
「寧寧，今天太冷了，算了吧！」

寧寧說：「怕冷還能當運動員？快起來！」

怎麼能說冷呢？他忙改口說：「我根本不是怕冷！真的！我是覺得打球太沒有意思啦！寧寧，你就一個人去吧！」

寧寧走了。聽着外面的風聲，羅小波忙把被角掖掖好——到底還是被窩裏暖和、舒服。籃球這東西隨便打着玩玩還可以，要當真練出功夫來，那得大冷天喝西北風，大熱天曬毒太陽，誰受得了？！羅小波歎了口氣——有甚麼辦法，這個志願肯定又得拋棄了。但話得說清楚，這不全是因為他怕苦；主要、主要是個子練不高，籃球運動員實在也不配當呀！

你們說說看，羅小波選擇志願的過程雖然比較曲折，但哪一點和「漁翁」有關係呢？真不知道姚靖葫蘆裏賣的甚麼藥。

第二天到校後，羅小波裝作很隨便的樣子，問姚靖：「姚畫家，給我的畫畫好了嗎？」

「好啦！」姚靖嘻嘻地笑着，從書包裏掏出畫來。

羅小波急忙展開一看，是幅漫畫。畫面上：一輪太陽高

gāo de zhào zhe yuǎn chù shì hú pō jìn chù yí gè yú wēng qiāo zhe èr láng tuǐ shǒu zhěn zhe
高地照着，遠處是湖泊；近處，一個漁翁蹺着二郎腿，手枕着
tóu zài cǎo dì shang shuì jiào páng biān de zhú gān shang shài le jǐ zhāng wǎng Huà xià miàn yǒu yì
頭在草地上睡覺，旁邊的竹竿上曬了幾張網……畫下面有一
háng zì Sān tiān dǎ yú liǎng tiān shài wǎng de yú wēng
行字：「三天打魚，兩天曬網的漁翁。」

Luó Xiǎo bō lèng zhe Zhè zhè jiū jìng suàn shén me yì si ne
……羅小波愣着。這、這究竟算甚麼意思呢？

Yáo Jìng réng xiào xī xī de shuō Nǐ hái jì de sān tiān dǎ yú liǎng tiān shài wǎng
姚靖仍笑嘻嘻地說：「你還記得『三天打魚，兩天曬網』
shì bǐ yù shén me ma
是比喻甚麼嗎？」

Bǐ yù bǐ yù Luó Xiǎo bō xiǎng qǐ lái le zhè zé chéng yǔ lǎo shī jiāo
「比喻、比喻……」羅小波想起來了，這則成語老師教
guo hái zuò guò zào jù liàn xí li Bǐ yù zuò shì huò xué xí méi yǒu héng xīn shí duàn shí
過，還作過造句練習哩，「比喻做事或學習沒有恆心，時斷時
xù bù néng jiān chí bú xiè Duì ma
續，不能堅持不懈。對嗎？」

Duì ya Lǎo shī shuō guo hǎo jǐ cì pà kǔ pà nán méi yǒu héng xīn de rén shì
「對呀！老師說過好幾次，怕苦怕難、沒有恆心的人，是
shén me zhì yuàn yě shí xiàn bù liǎo de Wǒ men bù néng xué zhè màn huà shang de yú wēng sān
甚麼志願也實現不了的。我們不能學這漫畫上的『漁翁』，三
tiān dǎ yú liǎng tiān shài wǎng Luó Xiǎo bō zhè fú huà sòng gěi nǐ nǐ shēng qì ma
天打魚，兩天曬網。羅小波，這幅畫送給你，你生氣嗎？」

Luó Xiǎo bō yí xià zi míng bai le huà jiā de yì si liǎn shang yí zhèn rè là
羅小波一下子明白了「畫家」的意思，臉上一陣熱辣
là
辣……

Dǎn xiǎo de yǒng shì

2. 膽小的勇士

ZhāngCōng cōng de dǎn xiǎo zài sì nián yī bān shì chū le míng de Tā bù gǎn zǒu yè lù
章聰聰的膽小在四年一班是出了名的。他不敢走夜路，
bù gǎn dàng qiū qiān xiǎo shí hou lián huá tī yě bù gǎn huá Zhè dōu guài tā de nǎi nai yòu
不敢盪鞦韆，小時候連滑梯也不敢滑。這都怪他的奶奶，又
shì pà tā shuāi jiāo yòu shì pà tā chuǎng huò shén me shì qing dōu lán zhe tā Tā hái zǒng shì
是怕他摔跤，又是怕他闖禍，甚麼事情都攔着他。她還總是
shuō Qián shì lǎo hǔ tóu shēng de jiù dǎn dà lǎo shǔ tóu shēng de jiù dǎn xiǎo gǎi biàn bù liǎo
說：「前世老虎投生的就膽大，老鼠投生的就膽小，改變不了
de Zhè nián yuè hái zi hái shi dǎn xiǎo diǎn wěn dang Jiù yīn wèi dǎn xiǎo Zhāng Cōng cōng zài
的。這年月，孩子還是膽小點穩當。」就因為膽小，章聰聰在
bān shang hái chū le bù shǎo yáng xiàng ne
班上還出了不少洋相呢！

Yí cì quán bān tiào cháng shéng bǐ sài lǎo shī yāo qiú rén rén cān jiā kě Zhāng Cōng cōng
一次全班跳長繩比賽，老師要求人人參加，可章聰聰
xiàng gè mù tou rén shì de yìng shì bù gǎn jìn qù tiào zhǐ pà cháng shéng kòu zhù tā de bó
像個木頭人似的，硬是不敢進去跳，只怕長繩扣住他的脖
zi bǎ tā lēi tòng le
子，把他勒痛了。

還有一次，鬧了更大的笑話。那天課外活動，全班分成幾個小隊在山腳下做軍事遊戲，一小隊先躲起來，由三小隊找。誰知章聰聰躲了還不滿兩分鐘，就「媽呀」一聲尖叫了起來。同學們不知道發生了甚麼事，都着急地朝他跑去，只見他蹲在灌木叢裏，肩胛聳得高高的，縮緊着脖子，帶着哭腔一個勁地嚷：「脖頸裏，脖頸裏……」同學們嚇慌了，擔心會不會是蛇鑽進了他的衣領。班裏的體育委員彭偉，出名的膽大，一次他捉到一條水蛇，竟敢讓蛇身纏在手臂上。他大大咧咧地走上去，扒開章聰聰的衣領，伸手進去一摸，結果摸出來的不過是一片枯了的樹葉子。

章聰聰也為自己的膽小感到苦惱，特別是幾次集體活動因為他而受到妨礙，還使他哭過幾回哩。班委會為他的問題開了會，班主任徐老師也找他談了話。徐老師說：「你應該好好鍛煉，使薄弱的意志堅強起來，膽小還是能變膽大的。」正巧，學校決定暑期裏到城郊的陽澄湖畔舉行一次夏令營活動，老師和同學都鼓勵他參加，還說服了他的奶奶。章聰聰

zì jǐ yě xià le jué xīn yí dìng yào hǎo hǎo duàn liàn fēi děi bǎ dǎn xiǎo de míng shēng diū diào
自己也下了決心，一定要好好鍛煉，非得把膽小的名聲丟掉
bù kě
不可！

Shǔ jià kāi shǐ Zhāng Cōng cōng jiù jí qiè de pàn zhe qù xià lìng yíng Tā hái zuò le liǎng
暑假開始，章聰聰就急切地盼着去夏令營。他還做了兩
jiàn liǎo bu qǐ de shì qing Yì tiān xià wǔ tā dào gōng yuán li shì zhe dàng le hǎo yí huìr qiū
件了不起的事情：一天下午他到公園裏試着盪了好一會兒鞦
qiān yì tiān bàn yè tā qiāo qiāo pá qi lai lā kāi fáng mén jǐn guǎn xià de qì dōu chuǎn
韆；一天半夜，他悄悄爬起來，拉開房門，儘管嚇得氣都喘
bu guò lái dàn hái shi zài zì jǐ jiā de zǒu láng li zǒu le yí gè lái huí
不過來，但還是在自己家的走廊裏走了一個來回……

Hóng yàn yàn de hé huā kāi mǎn le chí táng tóng xué men pàn wàng yǐ jiǔ de jǔ bàn xià lìng
紅豔豔的荷花開滿了池塘，同學們盼望已久的舉辦夏令
yíng de rì zi zhōng yú lái dào le
營的日子終於來到了。

Tiān mēng mēng liàng duì wu cháo Yáng chéng Hú chū fā le Zhāng Cōng cōng bǎ bēi bāo shuǐ hú
天曚曚亮，隊伍朝陽澄湖出發了。章聰聰把背包、水壺
kuà zài jiān shang yāo li hái shù le gēn pí dài yàng zi tǐng wēi wǔ Tā hé Péng Wěi biān chéng yí
挎在肩上，腰裏還束了根皮帶，樣子挺威武。他和彭偉編成一
gè xiǎo zǔ
個小組。

Tóng xué men chàng zhe zǒu zhe qián miàn chū xiàn le yí zuò shuǐ ní qiáo Kě shì lǐng
同學們唱着、走着，前面出現了一座水泥橋。可是，領
duì de duì zhǎng què guǎi shàng le xiǎo lù cháo bù yuǎn chù de yí zuò xiǎo zhú qiáo zǒu qu Zhè zhú
隊的隊長卻拐上了小路，朝不遠處的一座小竹橋走去。這竹
qiáo hěn zhǎi méi yǒu fú shǒu zǒu shang qu yáo yáo huàng huàng de hái fā chū gē zhī gē
橋很窄，沒有扶手，走上去搖搖晃晃的，還發出「咯吱咯
zhī de xiǎng shēng Tóng xué men míng bai zhè shì Xú lǎo shī yǒu yì ràng dà jiā duàn liàn duàn liàn
吱」的響聲。同學們明白，這是徐老師有意讓大家鍛煉鍛煉。
Péng Wěi sān bù liǎng bù jiù zǒu guò qù le zǒu dào zhōng jiān hái dé yì de dàng le jǐ dàng Kě
彭偉三步兩步就走過去了，走到中間還得意地盪了幾盪。可

Zhāng Cōng cōng zài qiáo biān què zú zú lèng le hǎo jǐ fēn zhōng
章聰聰在橋邊卻足足愣了好幾分鐘。

Péng Wěi shuō Zhāng Cōng cōng ràng wǒ lái chān nǐ yì bǎ ba
彭偉說：「章聰聰，讓我來攙你一把吧！」

Bù bú yào Wǒ zì jǐ zǒu
「不，不要！我自己走！」

Zhāng Cōng cōng xiǎng rén jia nǚ tóng xué dōu zì jǐ zǒu guò qù le wǒ ràng rén chān yòu
章聰聰想，人家女同學都自己走過去了，我讓人攙，又

yào bèi rén xiào hua le Tā yǎo zhe yá tà shàng le zhú qiáo yì diǎn yì diǎn de nuó dòng bù zi
要被人笑話了。他咬着牙踏上了竹橋，一點一點地挪動步子。

Qiáo xià de hé shuǐ huā huā de liú zhe tài yang zhào zài shuǐ miàn shang fǎn shè chū yào yǎn de shǎn
橋下的河水嘩嘩地流着，太陽照在水面上，反射出耀眼的閃

guāng xiàng xǔ duō tiáo jīn shé zài wǔ dòng Tā dī tóu yí kàn tuǐ dōu fā dǒu le jìn yòu bú
光，像許多條金蛇在舞動。他低頭一看，腿都發抖了，進又不
shì tuì yòu bú shì Tā hǎo bù róng yì yòu nuó dòng le yí bù qiáo yòu měng de yí chàn xià
是，退又不是。他好不容易又挪動了一步，橋又猛地一顫，嚇
de tā lián máng dūn xià le shēn zi
得他連忙蹲下了身子。

Péng Wěi jiào dào Nǐ bié cháo xià kàn cháo qián kàn ma
彭偉叫道：「你別朝下看，朝前看嘛！」

Xú lǎo shī yě zài hòu miàn gěi tā gǔ jìn Zhāng Cōng cōng yǒu yí gè dí rén
徐老師也在後面給他鼓勁：「章聰聰，有一個『敵人』
zài qián miàn táo pǎo le mìng lìng nǐ mǎ shàng chōng guo qiáo qu bǎ tā zhuā zhù Zhāng Cōng cōng chōng
在前面逃跑了，命令你馬上衝過橋去把他抓住！章聰聰，衝
a
啊！」

Liǎng biān de tóng xué yě gēn zhe hǎn le qǐ lái Zhāng Cōng cōng chōng a
兩邊的同學也跟着喊了起來：「章聰聰，衝啊！」

Guǒ rán líng yàn Zhāng Cōng cōng zhàn qǐ lái le Tā cháo qián kàn zhe yòu mài kāi le bù
果然靈驗！章聰聰站起來了。他朝前看着，又邁開了步
zi yí bù yòu yí bù qiáo zài yáo huàng zhe Lián xù chū xiàn le liǎng cì xiǎn qíng
子，一步，又一步，橋在搖晃着……連續出現了兩次險情
hòu tā měng de yí tiào zhōng yú dào dá le qiáo de zhè yì biān Dà jiā dōu gāo xìng de sōng le
後，他猛地一跳，終於到達了橋的這一邊。大家都高興地鬆了
yì kǒu qì Zhāng Cōng cōng cā zhe hàn zhǐ shì xī xī de xiào zhe Qiáo tā nà xiào de shén qì
一口氣。章聰聰擦着汗，只是嘻嘻地笑着。瞧他那笑的神氣，
fǎng fú tā chōng guò le qiáo zhēn de bǎ táo pǎo de dí rén zhuā zhù le
彷彿他衝過了橋，真的把逃跑的「敵人」抓住了。

Tài yang yuè shēng yuè gāo bǎ dà dì shài de rè là là de zhī liǎo zài qǐ jìn de chàng
太陽越升越高，把大地曬得熱辣辣的，知了在起勁地唱
zhe gē Kuài jìn zhōng wǔ duì wu lái dào le Yáng chéng Hú biān shang Tóng xué men dēng shàng gāo gāo
着歌。快近中午，隊伍來到了陽澄湖邊上。同學們登上高高
de dī àn dōu jīn bu zhù ā ō hē de huān hū qi lai Āi yō
的堤岸，都禁不住「啊——噢——呵」地歡呼起來。哎喲，

好大的湖呀，白亮亮、清悠悠，一眼望不到邊。遠處幾隻小船的白帆，小得就像一片片樹葉。湖水清極了，像一塊透明的大玻璃，近處，連湖底的水草都可以看得清清楚楚。湖風一陣陣吹來，別提有多涼爽和舒服了。

　　中午，同學們在野地裏挖了地灶，搞起了野炊。真有趣，彭偉把地灶挖歪了，燒出來的飯一半糊一半硬，可誰吃了都覺得香噴噴的。漁民伯伯早在淺水區攔起了竹架，下午，大家就在這竹架圈子裏練習划船和游泳。章聰聰和彭偉合划一隻船。彭偉一跳上船就樂得不行，兩腳擺開，一會兒左腳用力，一會兒右腳用力，把船晃得像一隻搖籃。他正晃得來勁，猛然想起船尾還有個章聰聰，回頭看時，只見他兩手緊緊抓住船舷，臉色煞白，可硬是不作聲——看得出，他咬着牙在堅持哩！

　　開罷營火晚會，已近深夜。月亮婆婆鑽進了雲層，還派出了無數的星兵星將在雲隙裏巡邏、站崗。帳篷四周靜悄悄的，偶有幾隻流螢提着小燈籠，悄無聲息地匆匆飛過。營火暗淡下來了，輕微的南風戲弄着淡淡的餘煙，向帳篷飄來，既不嗆人，又能驅蚊。

章聰聰和彭偉躺在一起，翻來覆去地睡不着覺——下半夜，得輪到他倆值班放哨哩。他們望着帳篷外的夜空，低聲地聊着天。章聰聰說：「我看過一本小說，裏面有個人說星星是月亮下的蛋，真是胡扯！其實，星星也是球體啊。等我長大了，一定要乘上宇宙飛船到星星上面去看個明白。」

彭偉輕輕一笑：「乘宇宙飛船，你敢嗎？徐老師早說了，

等我們長大了，不論當工人、農民，還是當軍人、科學家，不僅要有知識，還得有膽量！」

章聰聰没作聲，瞪起了黑眼珠，像在想甚麼。閒聊了一陣，彭偉便發出了輕微的鼾聲。章聰聰還在想着。他想到了剛才的營火晚會：營火燒得多旺啊，女同學跳的朝鮮族舞蹈真是優美極了；徐老師還扮了個知識老人，穿了件長衫，下巴上粘了足有兩尺長的白鬍鬚，講了許多有趣的童話，還講了《勇敢的孩子》的故事……他又想到了等會兒便得和彭偉一起去站崗放哨：天黑，他不怕……

有人在輕輕地搖撼他。他睜開眼睛一看，是隊長。隊長輕聲說：「時間差不多了，該你們去換班了。」章聰聰和彭偉猛地跳了起來，很快出了帳篷。

外面漆黑一團。真是奇怪，剛才，星星還佈滿天空，怎麼一下子就不見了呢？風也大起來了，使人感到了一陣涼意。哦，章聰聰猛然想起，傍晚的時候看見螞蟻在搬家，成羣的蜻蜓飛得低低的，說不定要下雷雨哩！

夜，像被誰用一塊大黑布遮住了似的，顯得黑洞洞、陰森森，周圍的一切也彷彿都變成了可怕的怪影：有的像獅子臥在地上，張着血盆大口；有的像猩猩攀着樹枝在盪鞦韆。夜風吹來，搖動着的樹枝就發出了「簌簌簌」的響聲，好像有人在樹叢裏悄悄地朝他們爬過來，章聰聰和彭偉緊緊地挨在一起，誰也不說話，眼睛一眨不眨地盯着四周。章聰聰的頭一忽兒往這邊扭，覺得像有幾對綠瑩瑩的眼睛在閃動；一忽兒往那邊扭，又覺得像有一張毛茸茸的嘴巴在張合。偶然發出的響聲，就像一盆冰水朝他兜頭澆來……置身在這麼黑的夜晚，他全身的汗毛都豎了起來。

突然，彭偉叫了起來：「看，有人！」

有人？章聰聰的心一下提到了嗓子眼上。他朝彭偉指的地方一看：可不是！有個黑影蹲在那裏，手臂一屈一伸，正在悄悄地移近來呢！章聰聰一把拉住彭偉的臂膀，一邊大聲喝問：「誰？」

沒有回答。過了一陣，他們才看出那黑影仍在原地，並沒移動。是誰呢？好奇心驅使彭偉決心上去弄個明白。他握緊手裏的木棒，走近黑影就是一個衝刺……「啪嗒」！棍子打在一個硬邦邦的東西上，折斷了。他再仔細一看，原來那不過是一個柳樹墩子，上面綻出的幾簇柳枝，讓風一吹，就飄呀飄的。噓——章聰聰拍了拍自己的胸口，把憋了老半天的一口氣長長地吐了出來。這樹墩，白天還見過，夜來竟是這麼嚇人。他倆在四周走了一圈，把那些怪影都看了個清楚。原來，誤以為是臥在地上的獅子，只是一叢矮矮的黃楊樹；像在樹上盪鞦韆的猩猩，不過是一簇倒掛着的晃動的樹枝……把真相看清楚了，章聰聰的心裏也踏實多了。

彭偉說：「有一種東西，你越怕它，它越使你害怕；你不怕它，它也沒甚麼了不起的。」

章聰聰說：「真的，把甚麼都看清楚了，我也就不那麼害怕了。」

彭偉對這神祕的黑夜似乎發生了越來越大的興趣。他說：「聰聰，我們索性到漁村前後去轉轉，看看黑夜裏到底還能出現些甚麼怪模樣，好嗎？」

Zhāng Cōng cōng yóu yù le yí xià diǎn le diǎn tóu Hǎo zǒu
章聰聰猶豫了一下，點了點頭：「好，走！」

Zhè shí hou yuǎn chù xiǎng qǐ le yì shēng zhà léi léi shēng yòu xiǎng yòu cháng jiù xiàng
這時候，遠處響起了一聲炸雷，雷聲又響又長，就像
yì zhī hěn dà de kōng yóu tǒng cóng gāo gāo de shí jiē shang bèng tiào zhe gǔn xia lai Pū tōng
一隻很大的空油桶從高高的石階上蹦跳着滾下來——「噗通
tōng hōng lōng lōng Jǐn jiē zhe bào fēng chuī lái le Dùn shí cū dà de yín xìng shù
通，轟隆隆……」緊接着，暴風吹來了。頓時，粗大的銀杏樹
xiàng gè hē zuì jiǔ de zuì hàn yáo lái huàng qù de hái fā fēng shì de shuǎi qǐ le gē bo
像個喝醉酒的醉漢，搖來晃去的，還發瘋似的甩起了胳膊。
Bù yuǎn chù de yí piàn zhú lín li měi yì zhū zhú dōu biàn chéng le tuó bèi de lǎo tóu zi zhí bu
不遠處的一片竹林裏，每一株竹都變成了駝背的老頭子，直不
qǐ yāo lai bái tiān nà me wēn shùn de Yáng chéng Hú yě fā qǐ le pí qi yì pái pái de làng tāo
起腰來；白天那麼温順的陽澄湖也發起了脾氣，一排排的浪濤
pīn mìng yǔ dī àn pèng zhuàng zhe Huā Huā
拼命與堤岸碰撞着：「嘩——嘩——」

Tā liǎ bù zhī bù jué yǐ cóng cūn qián zhuàn dào le cūn hòu de yú táng biān yí kàn dà yǔ
他倆不知不覺已從村前轉到了村後的魚塘邊，一看大雨
jiù zài yǎn qián gǎn jǐn wǎng huí pǎo dàn yǐ jīng lái bu jí le Suí zhe yí dào shǎn diàn bào
就在眼前，趕緊往回跑，但已經來不及了。隨着一道閃電，暴
yǔ biàn huā huā de luò le xià lái Tā men zhǐ dé zuān jin chē péng duǒ yǔ Shuí zhī tā men gāng tà
雨便嘩嘩地落了下來。他們只得鑽進車棚躲雨。誰知他們剛踏
jin chē péng biàn zhuàng zhe yì quān ruǎn ruǎn de dōng xi yòu xià le yí dà tiào Péng Wěi shēn shǒu
進車棚，便撞着一圈軟軟的東西，又嚇了一大跳。彭偉伸手
yì mō cái zhī dao shì chē péng shang guà xia lai de yì quān cǎo shéng
一摸，才知道是車棚上掛下來的一圈草繩。

Yǔ dà de chū qí jiù xiàng tiān hé kāi bà shì de zhí xiè xia lai Zhāng Cōng cōng tū rán
雨大得出奇，就像天河開壩似的直瀉下來。章聰聰突然
jiào dào Péng Wěi nǐ tīng Yú táng lǐ yǒu shén me shēng yīn shuā lā lā shuā lā lā
叫道：「彭偉，你聽！魚塘裏有甚麼聲音，唰拉拉、唰拉拉
de Péng Wěi yì tīng hǎo xiàng shì hé shuǐ chōng jī zhú lián zi de shēng yīn lǐ miàn hái jiā zá
的？」彭偉一聽，好像是河水沖擊竹簾子的聲音，裏面還夾雜

zhe kā chā kā chā de duàn liè shēng
着「咔嚓、咔嚓」的斷裂聲。

Shuā Yòu shì yí dào shǎn diàn sī kāi hēi hēi de yè kōng bǎ dì miàn shang de yí qiè
「唰！」又是一道閃電撕開黑黑的夜空，把地面上的一切
zhào de bái liàng bái liàng Tā liǎ tóng shí jīng jiào le qǐ lái Bù hǎo le yú táng de zhú lián
照得白亮白亮。他倆同時驚叫了起來：「不好了，魚塘的竹簾
zi yào dǎo le Zhú lián zi shì jié zài mù zhuāng shang de mù zhuāng bèi fēng làng dǎ wāi le
子要倒了！」竹簾子是結在木樁上的，木樁被風浪打歪了，
zhú lián zi yě suí zhe dǎo fú le Zhǐ jiàn yì tiáo tiáo xiǎo yú shǎn zhe bái guāng cháo zhú lián zi wài miàn
竹簾子也隨着倒伏了。只見一條條小魚閃着白光朝竹簾子外面
cuàn chu qu Tā men jí le Gāng cái yú cūn de lǎo cūn zhǎng dài lǐng dà jiā cān guān de shí hou
竄出去。他們急了！剛才，漁村的老村長帶領大家參觀的時候
shuō guo zhè li yǎng zhe cūn mín men de yú miáo Zěn me bàn Mù zhuāng yì dǎo zhú lián zi
說過，這裏養着村民們的魚苗。怎麼辦？木樁一倒，竹簾子
bèi shuǐ chōng zǒu yú miáo dōu yào táo guāng le Tā men shuí yě méi shuō huà bù yuē ér tóng de
被水沖走，魚苗都要逃光了。他們誰也沒說話，不約而同地
pū jìn yǔ lián pǎo dào hé biān yí gè tuī yí gè lā qí xīn hé lì de bǎ mù zhuāng
撲進雨簾，跑到河邊，一個推，一個拉，齊心合力地把木樁
tǐng zhí shǐ jìn bú ràng tā zài yí cì wāi xiàng shuǐ miàn Dàn zhè bì jìng bú shì yí gè hǎo bàn
挺直，使勁不讓它再一次歪向水面。但這畢竟不是一個好辦
fǎ děi yòng dà láng tou bǎ mù zhuāng dǎ jiē shi cái xíng
法，得用大榔頭把木樁打結實才行。

Péng Wěi shuō Zhāng Cōng cōng nǐ kuài qù bǎ lǎo cūn zhǎng jiào lai
彭偉說：「章聰聰，你快去把老村長叫來！」

Zhāng Cōng cōng mā le mā liǎn shang de yǔ shuǐ shuō Hái shi nǐ qù ba nǐ bǐ wǒ
章聰聰抹了抹臉上的雨水，說：「還是你去吧，你比我
pǎo de kuài Wǒ zài zhèr tuī zhe mù zhuāng Nǐ kuài pǎo kuài
跑得快。我在這兒推着木樁。你快跑，快！」

Péng Wěi gù bu dé xì xiǎng biàn fēi yě shì de cháo cūn li pǎo qu
彭偉顧不得細想，便飛也似的朝村裏跑去。

Yǔ pī tóu gài liǎn de jiāo xia lai shǐ Zhāng Cōng cōng hū xī dōu yǒu diǎn kùn nan Tā yòng
雨，劈頭蓋臉地澆下來，使章聰聰呼吸都有點困難。他用

雙手推着木樁，只能張開嘴呼哧呼哧地喘氣。風浪一陣陣打來，不時把木樁沖歪。河灘是傾斜的，又爛又滑，使他時不時地滑倒。可他甚麼也顧不得了，滑倒便爬起，爬起又滑倒……

彭偉跑着跑着，他的球鞋粘滿了泥，灌滿了水，提步就掉。他索性脫下鞋子，打起了赤腳。忽然，前面出現了兩點光亮，正在朝這裏游動，還隱約傳來了一陣陣的喊聲。光亮漸漸近了，漸漸近了……呀，是徐老師！還有老村長！老村長提着馬燈，扛着一把木榔頭。

彭偉高興地撲了過去：「徐老師！村長伯伯！魚塘的竹簾子快倒了，魚苗要逃走了！」

徐老師拉住彭偉的臂膀，第一句就問：「章聰聰呢？」

「他在魚塘那邊……」彭偉話沒說完，就像突然清醒過來了似的愣住了。天哪，他怎麼把甚麼都忘了，竟讓章聰聰一個人留在魚塘邊！在這狂風暴雨、雷電交加的黑夜，章聰聰不知會嚇成甚麼樣子了！彭偉第一次感覺到了事情的嚴重性，腦子裏嗡嗡作響，眼前出現了一幅幅可怕的景象……他一句話也說不出來，只是跌跌撞撞地跟着徐老師和老村長朝魚塘跑去。

跑近魚塘，徐老師高聲喊：「章聰聰！章聰聰！」

老村長也跟着喊：「章聰聰！章聰聰！」

彭偉不顧一切地喊：「章聰聰！章聰聰！」

沒有回答，只有雷聲和風雨聲……

雷還在打，風還在颳，雨還在下。彭偉哭了。他用完全不像是自己的聲音呼喊着：「章聰聰——」

「我在這兒哪！」這聲音是從河裏發出來的。

「唰！」又一道閃電劃過，他們看到了章聰聰的身影——他站在河裏，水淹過了他的大腿，他正用肩膀頂着那根被風浪打歪的木樁。

徐老師一驚，大聲叫道：「章聰聰，快上來！水會把你沖走的！」

「不會的，我有繩子繫着哩！」

在手電筒燈光的照射下，他們才發現章聰聰腰裏繫着一

根繩子，繩子的一頭結在岸邊的樹上——顯然，這就是車棚裏的那圈繩子。

徐老師和老村長趕緊跳下河灘，把章聰聰拉上了岸。老村長的大木榔頭發揮了威力，木樁被牢牢地釘在河裏，竹簾子也不再歪斜了。

夏天的雷雨來得快，去得也快。回去的路上，彭偉親熱地拉着章聰聰的手問：「剛才你一個人害怕了嗎？」

章聰聰說：「我沒來得及想到害怕，真的！我只是擔心魚苗逃走，把害怕也忘記了。」

「你剛才站在水裏的那副神氣，簡直像個勇士！嘿，像極了！」彭偉說。

「真的嗎？」章聰聰自個兒也甜甜地笑了。

遠處的雷聲還在輕輕地咕噥着，田裏的積水從溝裏嘩嘩地流到河裏，青蛙又呱呱呱地唱起了歌……

Jiǎ gū niang

3.「假姑娘」

Zài wǒ de tóng xué zhōng jiān méi yǒu bǐ Gāo Jìng jìng gèng méi yǒu yǒng qì de le
在我的同學中間，沒有比高靜靜更沒有勇氣的了。

Xiān bú shuō tā nà ge míng zi ruǎn li ruǎn qì de qiáo tā nà fù dǎ ban jiù yǔ wǒ men bù
先不說他那個名字軟裏軟氣的，瞧他那副打扮就與我們不
tóng Tóu fa zǒng shū de guāng liū liū de kù zi shang nà tiáo zhě fèng zǒng tàng de bǐ tǐng bái
同：頭髮總梳得光溜溜的，褲子上那條褶縫總燙得筆挺，白
pǎo xié shang hái cháng tú zhe bái fěn yì zǒu yì péng bái yān zhì yú wǒ men nán tóng xué zài yì
跑鞋上還常塗着白粉，一走一蓬白煙；至於我們男同學在一
qǐ jiǎo hún la dǎ gǔn la yǒu shí miǎn bu liǎo yào chuǎng xiē huò cóng lái jiù méi yǒu tā de
起攪混啦，打滾啦，有時免不了要闖些禍，從來就沒有他的
fèn Dà ren men cháng kuā jiǎng tā wén jìng ài qīng jié wǒ kě zhēn kàn bu qǐ tā Táng
份。大人們常誇獎他文靜、愛清潔，我可真看不起他——堂
táng yí gè nán zǐ hàn jiǎn zhí xiàng gè Jiǎ gū niang
堂一個男子漢，簡直像個「假姑娘」！

Tā de méi yǒu yǒng qì shí zai shì tài tè bié le Tóng xué zhōng yǒu shuí zhuō nòng tā yí
他的沒有勇氣實在是太特別了。同學中有誰捉弄他一
xià bǐ rú yòng shǒu zhǐ tán tā de hòu nǎo sháo huò zhě zài tā bèi shang dǎo gu yí xià tā
下，比如用手指彈他的後腦勺，或者在他背上搗鼓一下，他

jué bú huì yǒu shén me bào fù xíng dòng zhǐ shì hóng zhe liǎn dèng zhe shuǐ wāng wāng de dà
絕不會有甚麼「報復」行動，只是紅着臉，瞪着水汪汪的大
yǎn jing lǎo dīng zhe nǐ kàn hǎo xiàng xiāng fǎn shì tā zuò le shén me kuī xīn shi shì de Kè táng
眼睛，老盯着你看，好像相反是他做了甚麼虧心事似的。課堂
shang lǎo shī yào tā huí dá wèn tí nà jiǎn zhí xiàng yào tā de mìng tā huì xià de yì shí zhàn
上，老師要他回答問題，那簡直像要他的命，他會嚇得一時站
bu qǐ lái liǎn zhàng de xiàng guān gōng bí zi shang de hàn mǎ shàng yì kē kē de qìn chu lai
不起來，臉漲得像關公，鼻子上的汗馬上一顆顆地沁出來，
zuǐ ba yì nǔ yì nǔ de bàn tiān shuō bu chū yí jù huà
嘴巴一努一努地半天說不出一句話。

Qiáo qiao zhè yàng yí gè méi yǒu yǒng qì de rén jiāng lái hái néng gàn chū shén me jīng tiān
瞧瞧，這樣一個沒有勇氣的人，將來還能幹出甚麼驚天
dòng dì de dà shì qing
動地的大事情？

Wǒ hé tā shì tóng zhuō Zhè tiān fàng xué zhèng lún dào wǒ liǎ zuò zhí rì shēng Wǒ cā hǎo
我和他是同桌。這天放學正輪到我倆做值日生。我擦好
hēi bǎn hū rán fā xiàn tā xiōng qián de kǒu dai shàng chā le yì zhī gāng bǐ liàng shǎn shǎn de
黑板，忽然發現他胸前的口袋上插了一支鋼筆，亮閃閃的。
Zài wǒ men sì nián jí tóng xué zhōng yǒu gāng bǐ de hái bù duō li wǒ pǎo shang qu shēn shǒu jiù
在我們四年級同學中有鋼筆的還不多哩，我跑上去，伸手就
xiǎng bá chu lai kàn kan Tā kàn wǒ mǎn shǒu de fěn bǐ huī yì biān tuì zhe yì biān rǎng dào
想拔出來看看。他看我滿手的粉筆灰，一邊退着一邊嚷道：

Nǐ de shǒu nǐ de shǒu
「你的手，你的手⋯⋯」

Ài zhè jiā huo yě tài jiǎng jiu le Wǒ shuō
唉，這傢伙也太講究了。我說：

Fěn bǐ huī yǒu shén me yào jǐn yì pāi jiù pāi diào le gěi wǒ kàn kan ma
「粉筆灰有甚麼要緊，一拍就拍掉了，給我看看嘛！」

Wǒ zhǐ gù qiǎng tā de gāng bǐ bǎ tā tuī sǎng zhe tā méi zhàn wěn wāi dǎo zài yì
我只顧搶他的鋼筆，把他推搡着，他沒站穩，歪倒在一
zhāng kè zhuō shang zhǐ tīng de pā de yì shēng xiǎng yì zhī yàn tái cóng zhuō dù li huá dào
張課桌上，只聽得「啪」的一聲響，一隻硯台從桌肚裏滑到

地上碎成了幾塊。

我們一下子愣住了！這不是俞萍的座位嗎？她可是班裏有名的「惹不起」呀，她那尖嘴利舌誰吃得消？！別說高靜靜嚇得臉色發白，連我也吃驚不小。

「怎麼辦呢？怎麼辦呢？」高靜靜哭喪着臉，急得不知如何是好。

「是你碰翻了桌子，全怪你！」我來了個先發制人。

「是你！你搶我的鋼筆，推了我，才碰翻了桌子的。」他的眼淚已經流出來了。

我心裏當然明白，這個禍是我闖的。怎麼辦呢？我可真有點怕俞萍，我這個「不買賬」和「惹不起」是老對頭了，早已鬧過好幾次，這次如果讓她知道是我弄碎了她的硯台，那不是討她一頓好罵嗎！唉，要是我的唾沫能把硯台粘起來，該多好！我朝教室四周看了一下，沒有第三個人，馬上來了主意。我說：

「高靜靜，這事只有我們兩人知道，你能保證不說出來嗎？」

「這……」他又是那副模樣，瞪着水汪汪的大眼睛，老盯着你看。

「你要是說出來，呵，不得了呢！老師會狠狠批評，俞萍會死纏住我們不放，你就是哭掉兩大碗眼淚也沒用！」

我這幾句話足夠把他嚇住了，他猶豫了一陣，點了點頭，答應誰也不告訴。我把硯台碎片拼攏起來，重新放到俞萍的課桌裏，就回家去了。

不出所料，第二天當俞萍發現自己的硯台碎了以後，就像突然來了陣暴風雨，呱啦呱啦又是哭又是罵，還說肯定是誰與她過不去，有意弄壞的。我暗暗慶幸自己沒說出來，否則真是夠受了。老師來上課時也宣佈了這件事，還問我們兩個值日生是不是知道是誰弄碎的。我把頭搖得像撥浪鼓，否認得乾乾淨淨，還說：「不信，你問問高靜靜。」

高靜靜這傢伙真讓我出了一身冷汗，他臉漲得通紅通紅，瞪着水汪汪的大眼睛，直盯着老師看，嘴巴一撇一撇硬是沒說出一句話。幸虧他平時就是這副樣子，同學們才沒起多大的疑心。

下了課，我悄悄地拉高靜靜到一邊，又對他敲開了「警鐘」：「你可知道俞萍的厲害了吧！幸虧我們沒說，要不，俞萍真會對我們不客氣哩，說不定還會逼着我們賠！現在是天知、地知、我知、你知，誰也不能告訴！你可記住啦？」

他盯着我看了半天，喃喃地說：

「我想……賠……」

「傻瓜！」我火躁躁地截住了他的話，「一隻硯台要好幾十塊錢呢！再說你賠了她，她就會放過你嗎？你怕甚麼，連這點勇氣也沒有！」

他不吱聲了。唉，這傢伙的沒有勇氣真是到了頂了。自從發生了這件「硯台事件」以後，他像掉了魂似的，作業老是做錯，削鉛筆把手指也削破了；可笑的是，平時俞萍無意中看他一眼，他會嚇得頭也不敢抬，老師從他身邊走過，他竟連手裏的筆也會掉下來；我還發現，這傢伙連飯也不大吃得下了，好幾次我明明看見他媽媽給他一毛錢讓他買早點，可他就買了三分錢的一個餅，到上午第三節課的時候，老聽他肚子餓得咕咕叫。而我，根本就沒把這件事放在心上，照樣又唱又笑，過幾天也就忘記了。高靜靜的勇氣和我相比，哈哈，簡直連個小指頭都比不上！

一個星期過去了。這天，老師組織我們搞「擊鼓傳花」的遊戲。這是個大晴天，陽光很好，草坪上散發着春草的氣息。我們圍坐成一個大圓圈，隨着鼓聲，花兒不停地傳着，節目也不斷地變換，有的唱歌，有的跳舞，有的朗誦詩，大家快活極了。

突然，鼓聲停了，花兒正巧在我手裏，我跑到中間揀了張紙條展開一看，哈，妙極了！上面既不是要我表演節目，也不是要我演算題目，是這樣寫着：

請你邀請一位同學講一則遵守學生守則的小故事，並向該同學鞠個躬。

叫誰呢？哈，就叫高靜靜，再好也沒有了！這傢伙說話支支吾吾，半天說不出個道道來，保證同學們個個要笑疼肚子，那才快活哩！再說，老師也常說要讓他多鍛煉嘛！我得意極了，高聲唸了紙條，然後叫道：

「我邀請高靜靜！」

這可真有好戲看了。高靜靜站了起來，臉紅到脖子根，沒有兩秒鐘，鼻尖上的汗已經沁出來了，「我……我……」他翕動着嘴，「我」了半天沒有下文。同學們那個笑呀，簡直掀翻了天，有的前仰後合，有的捧着肚子，好些女同學笑得眼淚也

chū lái le Wǒ gèng dé yì le tí gāo sǎng mén cuī cù dào
出來了。我更得意了，提高嗓門催促道：

Gāo Jìng jìng kuài shuō ya Wǒ yǐ jīng xiàng nǐ jū guo gōng la nǐ kě yào dǒng lǐ
「高靜靜，快說呀！我已經向你鞠過躬啦，你可要懂禮
mào a
貌啊！」

Tā biē le hǎo yí huìr hū rán cháo wǒ kàn le yì yǎn jìng zhuǎn shēn cháo jiào shì li
他憋了好一會兒，忽然朝我看了一眼，竟轉身朝教室裏
pǎo qù Tóng xué men quán lèng zhù le Nán dào tā bèi xià pǎo le
跑去。同學們全愣住了！難道他被嚇跑了？

Zhǐ yí huìr tā yòu bēn le huí lái shǒu li pěng zhe yí gè zhǐ bāo zhí dīng zhe Yú
只一會兒，他又奔了回來，手裏捧着一個紙包，直盯着俞
Píng kàn
萍看：

Yú Píng wǒ wǒ péi
「俞萍，我，我……賠……」

Tóng xué men dōu mò míng qí miào Tā de shǒu jī dòng de bù tíng de chàn dǒu hǎo bù róng
同學們都莫名其妙！他的手激動得不停地顫抖，好不容
yì dǎ kāi zhǐ bāo dà jiā yí kàn Yā yī zhī zhǎn xīn de yàn tái
易打開紙包，大家一看——呀，一隻嶄新的硯台！

Shàng cì yàn tái shì wǒ wǒ dǎ suì de wǒ shěng xià le chī zǎo diǎn de
「上次……硯台是我……我打碎的……我省下了吃早點的
qián péi péi
錢，賠、賠……」

Huā Cǎo píng shang xiǎng qǐ yí zhèn rè liè de zhǎng shēng tóng xué men huān hū le
「嘩——」草坪上響起一陣熱烈的掌聲，同學們歡呼了
qǐ lái Zài zhè zhǎng shēng hé huān hū shēng zhōng wǒ wán quán dāi zhù le ' zhǐ jué de liǎn shang huǒ
起來。在這掌聲和歡呼聲中，我完全呆住了，只覺得臉上火
là là de Wǒ hū rán gǎn jué dào zhēn zhèng méi yǒu yǒng qì de hǎo xiàng bú shì Gāo Jìng jìng ér
辣辣的。我忽然感覺到，真正沒有勇氣的好像不是高靜靜，而
shì wǒ
是我……

Dà xué shēng

4. 大學生

Wǔ nián sì bān lái le gè Dà xué shēng Guō Qí
五年四班來了個「大學生」—— 郭琪。

Qǐng zhù yì tā bìng bú shì nǎ yì suǒ dà xué li de dà xué shēng ér shì yīn wei tā zhǎng de
請注意，他並不是哪一所大學裏的大學生，而是因為他長得

yòu gāo yòu dà Zhī qián bān li de Diàn xiàn gān Wāng Xiāo suàn zhǎng de zuì gāo le dàn hé tā zhàn
又高又大。之前班裏的「電線杆」汪霄算長得最高了，但和他站

zài yì qǐ jìng hái chà nà me bàn gōng fēn rú guǒ ràng bān li gè zi zuì ǎi de Xiǎo rén guó Xú
在一起竟還差那麼半公分；如果讓班裏個子最矮的「小人國」徐

Lín qù mō mo tā de tóu dǐng nà shì hěn chī lì de shì qing yīn wei bù jǐn shǒu bì děi shēn dào zuì cháng
琳去摸摸他的頭頂，那是很吃力的事情，因為不僅手臂得伸到最長

xiàn dù hái děi diǎn qi jiǎo cái xíng Guō Qí chú le gāo hái yǒu dà Tā jiān kuān yāo yuán
限度，還得踮起腳才行。郭琪除了「高」還有「大」：他肩寬腰圓，

tóu dà liǎn dà jiǎn zhí xiàng yì tóu zhuàng niú
頭大臉大，簡直像一頭壯牛！

Qiáo qiao shuō tā shì Dà xué shēng suàn bu de guò fèn ba
瞧瞧，說他是「大學生」，算不得過分吧！

Kāi shǐ tóng xué men huái yí tā shì bu shì gè lǎo liú jí shēng dàn yì dǎ ting tā bù
開始，同學們懷疑他是不是個老留級生，但一打聽，他不

jǐn méi liú guo jí nián líng hé dà jiā xiāng fǎng ér qiě xué xí chéng jì yě tǐng bú cuò li Tā
僅沒留過級，年齡和大家相仿，而且學習成績也挺不錯哩。他
men hái tīng shuō tā gāng chū shì de shí hou jiù yǒu shí yī jīn zhòng zhēn gòu zhòng de cóng xiǎo
們還聽說，他剛出世的時候就有十一斤重（真夠重的），從小
yòu zài nóng cūn zhǎng dà hé tā nǎi nai yì qǐ shēng huó Tā cháng cháng bāng nǎi nai chú cǎo la
又在農村長大，和他奶奶一起生活。他常常幫奶奶鋤草啦，
jiāo shuǐ la shèn zhì hái fān dì tiāo fèn suǒ yǐ zhǎng de yuè fā gāo dà jiē shi Tā nǎi nai
澆水啦，甚至還翻地、挑糞，所以長得越發高大結實。他奶奶
yì zhí shě bu de tā lí kāi zhí dào yào shēng chū zhōng le cái liú zhe yǎn lèi ràng tā zhuǎn xué
一直捨不得他離開，直到要升初中了，才流着眼淚讓他轉學
dào xiàn chéng lái dào tā fù mǔ qin shēn biān
到縣城，來到他父母親身邊。

Gāng lái bào dào nà tiān bān jí li de tǐ yù wěi yuán gāo xìng de tiào le qǐ lái Xiǎng
剛來報到那天，班級裏的體育委員高興得跳了起來。想
xiang ba bān jí xiǎo lán qiú duì li lái le zhè me gè Dà xué shēng yǐ hòu xué xiào jǔ xíng
想吧，班級小籃球隊裏來了這麼個「大學生」，以後學校舉行
lán qiú sài bú shì wěn ná guàn jūn ma Bié de bù shuō zhǐ yào tā zhuā zhù qiú gāo gāo jǔ guo tóu
籃球賽不是穩拿冠軍嗎？別的不說，只要他抓住球高高舉過頭
dǐng nà me tán tiào zài hǎo de rén yě bié xiǎng cóng tā shǒu li duó guo qiú shuō bu dìng yǒu de rén
頂，那麼彈跳再好的人也別想從他手裏奪過球，說不定有的人
lián pèng yě pèng bú dào na
連碰也碰不到哪。

Kě shì tā dì yī cì shàng chǎng jiù chà diǎn méi bǎ tóng xué men gěi qì hūn Tā
可是，他第一次上場就差點沒把同學們給氣昏——他
nà fù dāi tóu dāi nǎo de yàng zi jiǎn zhí xiàng gēn mù zhuāng Tā cóng lái bù gǎn jǐ dào lán bǎn dǐ
那副呆頭呆腦的樣子，簡直像根木樁！他從來不敢擠到籃板底
xia qù qiǎng qiú zhǐ shì zhàn zài yì biān shǎ kàn Yǒu liǎng cì tóng xué yìng bǎ qiú sāi dào tā shǒu
下去搶球，只是站在一邊傻看。有兩次，同學硬把球塞到他手
li rǎng zhe Kuài tóu lán Kuài tóu lán Tā lèng le bàn tiān cái xǐng wù guo lai kě nà
裏，嚷着：「快投籃！快投籃！」他愣了半天才醒悟過來，可那
jiào shén me tóu lán ya tā zhǐ shì shuāng shǒu niē zhù qiú cóng tóu dǐng shang hěn mìng guàn chu qu
叫甚麼投籃呀，他只是雙手捏住球，從頭頂上狠命摜出去，

不是連籃板的邊也擦不到，就是「嘣」地在籃板上彈出去老遠……唉，這個「大學生」！

他到校已經好幾天了，可是他那厚嘴唇一直緊抿着，好像被膠水黏住了一樣。他見人總是畏畏縮縮的，那副表情可真難描述，有點窘迫，又有點羞怯，反正很不自然，好像他幹的某一件壞事正被人當場戳穿似的。出人意外的是，他這麼一個大個子，平時竟怯弱得像一團麪糊，任人揉捏也不會反抗。

他的同桌阿康是班裏出名的淘氣王，甚麼餿點子都想得出來。開始見他那副高大的身軀，阿康還有點敬畏，自從他在球場上出了那番「洋相」，就打心眼裏瞧不起他。有幾次，阿康有意挑逗挑逗他，想讓他說說話，最好發發脾氣，可是一切都歸於失敗。有時做作業，阿康有意把臂肘撐得開開的，把他擠呀擠的，擠到桌面的角落邊，甚至連字都快寫不成了。可他倒好，一隻腳伸在桌下，一隻腳伸到桌外，彆扭着身子只顧埋着頭寫字，連一聲也不吭。那副平心靜氣的樣子，好像他的位置本來就只有這麼一點點。

一次，阿康趁他站起來的時候，悄悄地把他的方凳挪開，又誘他快坐下。郭琪沒防備，一屁股坐了空，實打實地跌了下去。他又是坐在教室的最後一排，後腦勺猛地撞在後牆壁上。這一下撞得不輕，「咚」的一聲惹得同學們都回過頭來看。阿康有點慌了，他真擔心「大學生」會爬起來給他一拳。可是，郭琪漲紅着臉，揉着後腦勺上撞出來的大包，默默地盯着阿康看了一陣，仍然沒作聲，只是下嘴脣上多出了幾個深深的齒印。

「小人國」徐琳是阿康的「尾巴根兒」，阿康走到哪，他就跟到哪。他之所以特別討好阿康，把阿康的每句話都當成「令箭」，無非是為了在別人欺侮他的時候能有一個靠山——由於他長得太瘦小，免不了常常會遭到別人的戲弄。現在，他發現這位「大學生」連自己也不如。他在被人欺侮時，至少還能施展一下他那特殊的反擊本領——哭（雖然「哭」總不怎麼體面，但終究還能嚇退一些人），可是這位郭琪竟忍氣吞聲，連一句怨言也沒有。怪事出現了，這位平時只有被別人欺侮份兒的「小人國」，竟也捉弄起「大學生」來了。起先他用話去撩撥他，後來越發放肆，竟隨心所欲地踮起腳尖刮他兩下鼻子。他刮了鼻子以後可以大搖大擺趾高氣揚地走開去，不用擔心會受到任何報復——這種趾高氣揚的神氣勁兒，對他來說實在是難得享受的。

看看吧，這位「大學生」白白長了個大個子，真是懦弱透頂了！

懦弱歸懦弱，但郭琪並不麻木。他心裏也真不是滋味哩！當他受到別人捉弄，心裏的火直往上躥的時候，總想起他奶奶的話：「琪琪，做人要仁慈，要能忍讓。」郭琪也覺得奶奶不讓他打架是對的。以後郭琪每次出門，奶奶總要把上面那套話重複好幾遍。漸漸地，他這種受別人欺侮而忍氣吞聲的懦弱性格也越來越明顯了。

這天，新花樣又出現了。徐琳人雖小，卻畫得一手好畫，這次他竟畫了一隻大烏龜，讓阿康悄悄地嵌到了「大學生」外套的後衣領上。當郭琪走上講台交作業本時，惹得全班哄堂大

笑。郭琪氣得臉色煞白，心裏難過極了。

課間休息的時候，他一個人默默地走到操場的一角，眼睛裏湧出了淚水。這時，他是多麼懷念鄉下的夥伴啊！在那裏，他們一塊兒上學，一塊兒割草，夏天一塊兒游泳，晚上一塊兒捉迷藏，同學們都尊重他，誰也不欺侮誰；可到了城裏……阿康他們為甚麼欺侮人呢？他已經照奶奶說的不去理會他們了，可他們為甚麼卻一而再、再而三地來捉弄他呢？這是為甚麼啊？他恨不得馬上離開縣城，回到鄉下去，回到誰也不欺侮誰的夥伴中去……

忍耐向來是有限度的。第二天，當阿康他們又一次捉弄他時，他終於遏制不住心裏的火而爆發了！

早上，郭琪剛走進教室，徐琳就像發現甚麼新大陸似的，輕輕地對阿康說：

「看，今天『大學生』戴了頂新帽子。」

「真的，」阿康頓時來了勁，他眼珠骨碌一轉，說，「徐琳，你去把它摘下來，拋給我。」

「得令！」

徐琳猴子似的跑到了郭琪身邊。這時郭琪正站着看牆報，徐琳實在太矮，要把郭琪的帽子朝上掀掉還夠不着，他就悄悄踏上一張凳子，伸手抓住帽舌，猛地朝上一掀：

「來囉！兩分球！」

徐琳一邊叫着，一邊像拋籃球一樣將帽子拋給了阿康。

阿康將食指伸進帽子轉了幾個圈，叫道：

「真漂亮！『大學生』，借我戴兩天怎麼樣？」

郭琪沒防備帽子會被掀掉，臉一直紅到了脖子根，他喉嚨裏「咯咯」地想說甚麼又沒說出聲來。他跑到阿康面前去要帽子，可阿康又把帽子扔給了徐琳。

「大頭大頭，下雨不愁，人家有傘，你有大頭。『大學生』，你這麼個大頭還戴帽子，頭就更大啦！」徐琳等郭琪來到面前時，又把帽子拋到了阿康手裏。

「『大學生』，你怎麼長得這樣大，是你奶奶每天餵你發酵粉了吧？嘻嘻嘻……」多可惡，用的是「餵」，而且還是「發酵粉」。阿康說着，不等郭琪來到他面前，又把帽子扔給了徐琳。

就這樣，這頂帽子拋來拋去，從教室這一頭拋到教室那一頭，從課堂裏又拋到了操場上。後來，他倆索性把帽子當「足球」一樣踢起來了。

郭琪額上的青筋暴了出來，嘴脣抿得更緊了，他心裏的火撲騰騰地直朝上躥，躥得他頭暈目眩。當他再一次看到阿康和徐琳擠在一起，把他的新帽子像盤足球一樣地耍弄時，終於忍不住了，他像猛虎出山似的撲了上去！他一手揪住阿康的胸脯，一手抓住徐琳的後背，平時一直抿緊的嘴脣咧開了，吐出的嗓音粗得嚇人：

「你們也太欺負人了！」

說罷，他把阿康用力一推，阿康倒退了足有七八步，還沒弄明白是怎麼回事，就「撲通」摔了個屁股蹲；由於來勢太猛，又身不由己地來了個「後滾翻」——體育課上他是無論如何做不出這樣漂亮的動作的。郭琪推倒阿康，又雙手拎起徐琳——簡直像老鷹抓小雞，猛地摔了出去。徐琳的身子在空中劃了一道弧線，正巧落在幾步遠的沙坑裏，也一連滾了幾個骨碌。這下子，他倆都跌得不輕，但他

men dōu méi jiào Xú Lín yě méi kū zhǐ shì
們都沒叫，徐琳也沒哭，只是
yí dòng bú dòng de fú zài dì shang dèng dà zhe
一動不動地伏在地上，瞪大着
yǎn jing zhāng dà zhe zuǐ ba jīng yà de dīng
眼睛，張大着嘴巴，驚訝地盯
zhe Dà xué shēng Píng shí tā men xiàng māo
着「大學生」。平時他們像貓
wán lǎo shǔ nà yàng zhuō nòng tā cóng méi gǎn dào
玩老鼠那樣捉弄他，從沒感到
yǒu shén me wēi xié méi liào dào lǎo shi rén fā
有甚麼威脅，沒料到老實人發
qi huǒ lai jìng shì zhè me lì hai zhè shí zai
起火來竟是這麼厲害，這實在
shǐ tā men chī jīng bù xiǎo
使他們吃驚不小。

Lèng le yí huìr Ā Kāng hé Xú Lín gǎn máng pá qi lai xiǎng liū què bú liào Guō
愣了一會兒，阿康和徐琳趕忙爬起來想溜，卻不料，郭
Qí yòu kāi kǒu le zì zì bāng yìng
琪又開口了，字字邦硬：

Gěi wǒ bǎ mào zi jiǎn qi lai
「給我把帽子撿起來！」

Zhè jù huà xiàng yí dào mìng lìng xià de tā liǎ tóng shí zhàn zhù le Ā Kāng yóu yù le
這句話像一道命令，嚇得他倆同時站住了。阿康猶豫了
yí huì hái shi huí zhuǎn shēn cóng dì shang jiǎn qǐ le mào zi
一會，還是回轉身，從地上撿起了帽子。

Xú Lín yǒu diǎn qiàn yì tā gǎn máng pǎo shang qu shuō Wǒ tì nǐ bǎ mào zi pāi pai
徐琳有點歉意，他趕忙跑上去，說：「我替你把帽子拍拍
gān jìng Tā yì biān pāi mào zi yì biān shuō Ràng wǒ tì nǐ bǎ mào zi dài shang ba hǎo
乾淨。」他一邊拍帽子，一邊說，「讓我替你把帽子戴上吧，好
ma Nǐ cháo xià dūn yi dūn wǒ gòu gòu bu zháo
嗎？你朝下蹲一蹲，我夠、夠不着……」

Guō Qí cóng Xú Lín shǒu li duó guo mào zi méi zài lǐ tā men jiù huí dào jiào shì li
郭琪從徐琳手裏奪過帽子，沒再理他們，就回到教室裏
qù le
去了。

dǎ zhè yǐ hòu Ā Kāng Xú Lín zài yě bù gǎn suí biàn zhuō nòng bié rén le
打這以後，阿康和徐琳再也不敢隨便捉弄別人了。

Guō Qí yě míng bai dǎ rén shì bú duì de dàn zài shòu rén qī wǔ de shí hou yào yǒng gǎn
郭琪也明白打人是不對的，但在受人欺侮的時候，要勇敢
shuō bù
說「不」。

Jué qiào

5. 訣竅

Zhēn shì guài shì Zhè cì sì nián jí suàn shù xiǎo cè yàn Féng Kūn yòu shì dì yī míng Wǒ
真是怪事！這次四年級算術小測驗，馮琨又是第一名。我
jiǎn zhí nòng bu míng bai zhè jiā huo zěn me lǎo shì dé dì yī míng ne Nán dào tā zhēn yǒu shén me
簡直弄不明白，這傢伙怎麼老是得第一名呢？難道他真有甚麼
jué qiào bǎ zhè dì yī míng yǎng zài jiā li měi cì kǎo shì zǒng lí bu kāi tā
「訣竅」把這「第一名」養在家裏，每次考試總離不開他？

Lǎo shi shuō shuō Féng Kūn bǐ wǒ cōng ming wǒ shì bù fú qì de Wǒ tóu dǐng shang de
老實說，說馮琨比我聰明，我是不服氣的。我頭頂上的
luó xuánr yǔ bié de tóng xué bù tóng tā men dōu zhǎng zhe yí gè luó xuánr ér wǒ piān piān
螺旋兒與別的同學不同，他們都長着一個螺旋兒，而我，偏偏
jiù shì liǎng gè Zhè kě bú shì suí biàn xiā cháng de nǎi nai shuō Yí gè luó xuánr hǎo liǎng
就是兩個！這可不是隨便瞎長的，奶奶說「一個螺旋兒好，兩
gè luó xuánr qiǎo bǐ bié rén duō yí gè luó xuánr yì wèi zhe shén me dà jiā dōu shì qīng
個螺旋兒巧」，比別人多一個螺旋兒意味着甚麼，大家都是清
chu de
楚的……

Yào shi shuō Féng Kūn bǐ wǒ qín fèn hēi wǒ gèng bù fú qì le Wǒ kě bú xiàng yǒu
要是說馮琨比我勤奮，嘿，我更不服氣了。我可不像有

的同學貪玩，常常拖拉作業；也不像有的同學貪睡，晚上連書也不看，誰都知道我是最會利用時間的人了——走在路上、吃飯的時候、課間、躺在牀上，不說謊話，有時連上廁所也還捧着書看哩。一次，我看書看到了深夜一點鐘，爸爸媽媽逼着我睡，我就鑽到被窩裏打着手電看。第二天除了上課時打了幾個瞌睡外，甚麼問題也沒發生。這種「勤奮」的精神，嘿，有誰比得上？

問題怪就怪在這裏，上同樣的課程，由同樣的老師教，我又這麼勤奮，但每次得第一名的總是馮琨，而我的分數卻總在八十分左右。我幾次想問問馮琨有甚麼「訣竅」，但幾次沒開口——問別人，才沒出息呢，我最不喜歡問了。給你們透露一個祕密，我口頭上雖然沒問過馮琨，但暗地裏卻對他偵察了好久哪！

我家就住在他家的斜對面，能望得見他家的窗戶。我一連注意了好幾天，有時還悄悄跑到他的窗口下，隔着窗縫往裏瞧：這傢伙在家裏竟也像在課堂裏上課一樣，總挺着腰板，坐得直直的，不是看書就是做作業。他那踏實認真的勁兒我可不否認——比如背書，我總像唸經似的一溜到底，而他卻一直像播音員廣播稿件那樣注意抑揚頓挫，照他的話說「把標點符號唸出來」。他每天晚上在九點鐘前就熄燈睡覺了。哦，我猛然想起，有的科學家不總是一早起來工作嗎，早晨空氣新鮮、頭腦清醒嘛。這傢伙說不定也是這樣呢，哎呀，對極了！為了摸清這個底，我把小鬧鐘放在枕頭邊，擰到三點鐘，鬧鐘一響，我就硬着頭皮爬起來，伏到窗台上，盯着馮琨家的窗口看——就是怪，這傢伙六點才起牀，起牀後刷牙、洗臉，然後在吊環上拉幾下，然後背一會書，然後吃早飯，然後到學校。這、這算得上甚麼「勤奮」？這哪裏像「第一名」的樣子呀！自然囉，這裏是不會有甚麼「訣竅」的。

之後，我開始偵察他的家庭作業簿。我想，那上面肯定有甚麼花樣，說不定會冒出幾十道、幾百道誰也沒見過的「高深」的習題，或者他已經在學五年級甚至初中的課程呢。但，沒有！他所做的習題都沒有超出課堂上教的範圍。一道一

dào zuò de zhěng qí jí le yǒu de zài kè táng zuò yè shang zuò cuò de tā zài jiā tíng zuò yè
道做得整齊極了，有的在課堂作業上做錯的，他在家庭作業
bù shang hái yòng jǐ zhǒng fāng fǎ zuò le yí biàn yòu yí biàn Dāng rán zhè kěn dìng yě suàn bu shàng
簿上還用幾種方法做了一遍又一遍。當然，這肯定也算不上
shén me jué qiào
甚麼「訣竅」。

Ài zhè jué qiào kě shí zài bù hǎo zhǎo wǒ fèi le hǎo dà de jìn hái shi méi
唉，這「訣竅」可實在不好找，我費了好大的勁還是沒
jié guǒ Yě xǔ yí gè rén de jué qiào běn lái jiù bù néng gěi dì èr gè rén zhī dao
結果。也許，一個人的「訣竅」本來就不能給第二個人知道，
yào bù yě jiù bù chéng wéi shén me jué qiào le Wǒ xīn li yǎng yǎng de zhēn xiǎng wèn wen
要不也就不成為甚麼「訣竅」了。我心裏癢癢的，真想問問
Féng Kūn dàn hái shi rěn zhù le Bù guǎn zěn me shuō wǒ zǒng bù néng lǎo tíng zài nà dǎo méi de
馮琨，但還是忍住了。不管怎麼說，我總不能老停在那倒霉的

「八十分左右」。我非得和馮琨比一比不可！我相信，只要再加把勁，比他起得更早，睡得更晚，更多地利用一切時間，保險能趕上他！

我可不是那種只想不幹的人，要比就得落實行動。這天中午，教室裏靜悄悄的。午睡已開始，同學們都伏在桌上睡覺了。我是不能睡的，勤奮的人還要睡午覺，這像話嗎？再說，把時間浪費在睡覺上，也太可惜了。我望了老師一眼，她伏在講台上大概睡着了；我又瞟了馮琨一眼，哈，這傢伙睡得好香，咧着嘴，差點沒淌出口水來。我悄悄拿出課本，悄悄離開座位，悄悄溜出教室，貓着腰躲進操場邊的冬青叢裏看起書來。哎呀，這簡直太妙了！馮琨在睡覺，我卻在用功，這說明甚麼，說明我比他勤奮，說明、說明我一定能趕上他嘛！從現在起，午睡堅決不睡，一個人就得有點決心。我一邊看着書，一邊和瞌睡蟲作鬥爭，不讓眼皮瞌下來……一個小時的午休時間不知不覺地過去了，雖然我只看了那麼幾行字，上課的時候腦子昏沉沉的，聽老師講課也有點糊裏糊塗，但我到底沒把

wǔ shuì shí jiān bái bái de làng fèi diào dào dǐ bǐ Féng Kūn duō yòng gōng le yì xiǎo shí
午睡時間白白地浪費掉，到底比馮琨多「用功」了一小時……

Dān dān fàng qì wǔ shuì zhè hái suàn bu liǎo shén me bù róng yì de shì wǒ bǎ kè jiān de
單單放棄午睡，這還算不了甚麼，不容易的是我把課間的
shí jiān yě quán lì yòng shàng le Zhè kě shì yì bān tóng xué suǒ zuò bu dào de Tā men yí xià
時間也全利用上了。這可是一般同學所做不到的。他們一下
kè zǒng rěn bu zhù dào cāo chǎng shang tiào ya pǎo ya jiào ya Féng Kūn yě yí yàng Ér
課，總忍不住到操場上跳呀、跑呀、叫呀，馮琨也一樣。而
wǒ fēn miǎo bì zhēng Kè jiān yě yòng lái zuò gōng kè Yǒu shí zhēn jǐn zhāng tòu le bú shuō
我，分秒必爭！課間也用來做功課。有時真緊張透了，不說
huǎng huà yǒu hǎo jǐ cì wǒ lián shàng cè suǒ yě gù bu de zhè dāng rán shì jiàn má fan shì
謊話，有好幾次我連上廁所也顧不得，這當然是件麻煩事，
dào le shàng kè lǎo xiǎng shàng cè suǒ nòng de xīn shén bú dìng zuò bu ān wěn hái yǒu kāi shǐ
到了上課老想上廁所，弄得心神不定坐不安穩；還有，開始
shàng kè shí nǎo zi méi jìng xia lai jiù tīng bu dà jìn qu qián miàn de méi tīng dǒng dào hòu miàn
上課時腦子沒靜下來，就聽不大進去，前面的沒聽懂，到後面
de yě jiù měng měng dǒng dǒng le Zhè dāng rán shì xiē xiǎo quē diǎn dàn zhè xiē xiǎo quē diǎn yǔ wǒ
的也就懵懵懂懂了。這當然是些小缺點，但這些小缺點與我
de yì bǐ dà zhàng bǐ bi jiǎn zhí lián gè xiǎo zhǐ tou yě bù zhí yí gè kè jiān
的一筆「大賬」比比，簡直連個小指頭也不值，一個「課間」
shì shí fēn zhōng yì tiān wǔ gè kè jiān shì duō shao fēn zhōng Yì nián sān bǎi liù shí wǔ tiān
是十分鐘，一天五個「課間」是多少分鐘？一年三百六十五天
yòu shì duō shao fēn zhōng ne Hēi bù dé liǎo li Zhè xiē rì zi wǒ zhēn gòu xīn kǔ le chà
又是多少分鐘呢？嘿，不得了哩！這些日子我真夠辛苦了，差
bu duō měi tiān dōu kāi yè chē wǒ kāi shǐ yán jiū jiě jie chū yī de kè běn Yǒu xǔ duō
不多每天都開「夜車」，我開始研究姐姐初一的課本。有許多
dì fang kàn lái kàn qù kàn bu dǒng yǒu bù shǎo zì rèn bu chū lái Dàn bù guǎn zěn yàng zǒng suàn
地方看來看去看不懂，有不少字認不出來。但不管怎樣，總算
shì zài kàn chū zhōng de shū le Jí shǐ yì zhí duì zhe bǐ jì běn fā dāi yì zhí zài dǎ
是在「看」初中的書了。即使一直對着筆記本發呆，一直在打
kē shuì bù jiān chí dào shí diǎn zhōng wǒ shì jué bú shàng chuáng shuì jiào de Yí gè rén yào xiǎng dé
瞌睡，不堅持到十點鐘我是決不上牀睡覺的。一個人要想得

好成績，没有點毅力還行？

時間過得很快。没多久，語文老師進行了一次課堂小測驗，有口頭的，有書面的，最後老師在黑板上寫了一句句子：「甲班戰敗乙班獲得冠軍」，叫兩個同學上去加標點。說也巧，正好喊到我和馮琨。這不正是和馮琨比試比試的好機會嗎？也可以檢驗我這階段「勤奮」的成果。開始我有些心慌，但仔細一看句子，就定下心來了，這太簡單啦！一個逗號、一個句號不就成了？「甲班戰敗乙班，獲得冠軍。」我用不到一分鐘就點好了，見馮琨還没下來，我心裏得意極了，看，就是比他快嘛！但只一會兒，我就愣住了。他和我點得完全一樣，而且他把句子又抄了一遍，同樣用一個逗號、一個句號，竟使句子的意思完全相反了：「甲班戰敗，乙班獲得冠軍。」

天哪！怎麼給他想出來的，我是壓根兒没想到這一點。那天上語文課，老師複習標點符號的作用，我在幹啥？好像在打瞌睡，哦不，我没睡着，恍惚記起馮琨舉手提問的，他說：「老師，標點符號用得不同，會不會改變句子的意思？」我没聽見老師怎麼回答，也許是真瞌睡了。我懊惱得直拍自己的腦瓜。

這天，好奇心使我實在按捺不住了，我把馮琨悄悄拉出教室，問：「馮琨，你能把你學習上的『訣竅』告訴我嗎？」

「你說甚麼？」馮琨沒聽懂。

「訣竅！就是竅門兒！你告訴我，我給你一支三色圓珠筆，好嗎？」

「訣竅？我沒甚麼訣竅，真的！」馮琨真心實意地搖着頭。

「……」我足足愣了半天，也沒明白過來。同學們，你們知道，學習的訣竅是甚麼嗎？

Tā jīn tiān zěn me le

6. 他今天怎麼了

-1-

Yí Zhāng Dé Kàn nǐ xià ba shang yǒu kē hēi zhì Hā hā jiǎn zhí xiàng zhī xiǎo kē
「咦，張德！看你下巴上有顆黑痣。哈哈，簡直像隻小蝌
dǒu Xiǎo kē dǒu xiǎo kē dǒu hā hā hā
蚪！小蝌蚪，小蝌蚪，哈哈哈……」

Zhāng Dé mō mo xià ba shang de hēi zhì dāi dāi de kàn zhe xiào de qián fǔ hòu yǎng de Sūn
張德摸摸下巴上的黑痣，呆呆地看着笑得前俯後仰的孫
Huá mò míng qí miào Zhè yǒu shén me hǎo xiào de Tā men tóng xué wǔ nián le chà bu duō
華，莫名其妙——這有甚麼好笑的！他們同學五年了，差不多
tiān tiān kàn jiàn zhè hēi zhì hái zhí dé zhè yàng dà jīng xiǎo guài
天天看見這黑痣，還值得這樣大驚小怪？

Xī xī Xǔ Yún lóng Nǐ hòu nǎo sháo xià bian de tóu fa zěn me shì jiān liū liū de
「嘻嘻，許雲龍！你後腦勺下邊的頭髮怎麼是尖溜溜的？
Xiàng yā wěi ba Gā gā gā yā wěi ba Xī xī xī
像鴨尾巴。『嘎嘎嘎』，鴨尾巴！嘻嘻嘻……」

Sūn Huá cóng jiào shì de zhè yì tóu huān bèng luàn tiào de pǎo dào lìng yì tóu yòu xún qǐ le Xǔ
孫華從教室的這一頭歡蹦亂跳地跑到另一頭，又尋起了許
Yún lóng de kāi xīn
雲龍的「開心」。

Xǔ Yún lóng de biǎo qíng hé gāng cái Zhāng Dé de biǎo qíng jī hū yì mú yí yàng tā chī
許雲龍的表情和剛才張德的表情幾乎一模一樣，他吃
jīng de kàn zhe Sūn Huá yì diǎn yě nòng bu míng bai zì jǐ de tóu fa yǒu shén me kě xiào de dì
驚地看着孫華，一點也弄不明白自己的頭髮有甚麼可笑的地
fang Tā de tóu fa cóng lái jiù shì zhè ge yàng zi Sūn Huá yòu bú shì dì yī cì kàn dào
方——他的頭髮從來就是這個樣子，孫華又不是第一次看到。
Huá ji
滑稽！

Kè jiān de shí wǔ fēn zhōng jiào shì lǐ jī hū lián xù bú duàn de xiǎng qǐ Sūn Huá xī xī
課間的十五分鐘，教室裏幾乎連續不斷地響起孫華嘻嘻
hā hā de xiào shēng Tóng xué men dōu hěn jīng qí yǐ qián tā hé tóng xué shuō huà zǒng shì yì běn zhèng
哈哈的笑聲。同學們都很驚奇，以前他和同學說話總是一本正
jīng hěn yán sù de jīn tiān zěn me jìng ná rén jia xiàng mào shang de mǒu xiē tè zhēng lái dà kāi
經，很嚴肅的，今天怎麼淨拿人家相貌上的某些特徵來大開
wán xiào Hái yǒu tā jū rán yě chuī qǐ le kǒu shào zǒu lù yì diān yì diān de xiǎn chū shí
玩笑？還有，他居然也吹起了口哨，走路一顛一顛的，顯出十
fēn qīng sōng yú kuài de yàng zi Tā kě shì cóng lái bù chuī kǒu shào de shàng cì hái pī píng
分輕鬆愉快的樣子——他可是從來不吹口哨的，上次還批評
Fāng Míng zài jiào shì lǐ chuī kǒu shào shì bù wén míng de xíng wéi li
方明在教室裏吹口哨是不文明的行為哩！

Sūn Huá jīn tiān shì zěn me le
孫華今天是怎麼了？

Xì xīn de tóng xué hěn kuài jiù fā xiàn Sūn Huá de xiào zǒng xiǎn de bú nà me zì
細心的同學很快就發現，孫華的「笑」總顯得不那麼自
rán nà gāo xìng hǎo xiàng shì gù yì zhuāng chū lái de Yīn wèi tā men shuí yě méi yǒu wàng
然，那「高興」好像是故意裝出來的。因為他們誰也沒有忘
jì shàng yì táng kè shang Sūn Huá liǎn zhàng de tōng hóng tōng hóng tóu chuí de dī dī de qíng jǐng
記上一堂課上孫華臉漲得通紅通紅、頭垂得低低的情景……

Shì de Sūn Huá bìng bú shì zhēn zhèng gāo xìng
是的，孫華並不是真正高興。

Dāng fàng le wǎn xué tā bì kāi suǒ yǒu de tóng xué yí gè rén zǒu zài huí jiā de lù
當放了晚學，他避開所有的同學，一個人走在回家的路
shang shí tā de nà shuāng jiǎo jiù xiàng guàn le qiān shì de chén de nuó bu kāi bù tā de xīn
上時，他的那雙腳就像灌了鉛似的，沉得挪不開步；他的心
li suān liū liū de yǎn lèi lǎo shì xiǎng wǎng wài yǒng
裏酸溜溜的，眼淚老是想往外湧……

Tuī kāi jiā mén píng shí tā zuì chǒng ài de xiǎo huā māo miāo miāo jiào zhe yǒu hǎo
推開家門，平時他最寵愛的小花貓「喵喵」叫着，友好

de yíngshang lai yě bèi tā zhí jiē wú shì le Nà xiǎo huā māo wěi qu de fú zài jiǎo luò li
地迎上來，也被他直接無視了。那小花貓委屈地伏在角落裏，
wán quán bù zhī dao zì jǐ zài nǎ yì diǎn shang chù fàn le xiǎo zhǔ ren
完全不知道自己在哪一點上觸犯了小主人。

Chú fáng li xiǎng zhe zī zī de chǎo cài shēng mǎn wū zi mí màn zhe xiāng Pēi
廚房裏響着「滋滋」的炒菜聲，滿屋子彌漫着香。呸！
Pēi Shēng yīn zěn me zhè yàng cì ěr Wèi dao zěn me zhè yàng nán wén
呸！聲音怎麼這樣刺耳！味道怎麼這樣難聞！

Pēng Tā zhù de xiǎo fáng jiān de mén bèi tī kāi le Nà mén hǎo xiàng qiàn le tā de
「嘭！」他住的小房間的門被踢開了——那門好像欠了他的
zhài pēng Zhuō shang de xiǎo bǎi shè bú dǎo wēng bèi tā měng de bō la dào dì shang shuāi suì
債；「砰！」桌上的小擺設「不倒翁」，被他猛地撥拉到地上摔碎
le Shuí jiào tā nà me xiào xī xī de
了——誰叫它那麼笑嘻嘻的！

Yí qiè dōu tǎo yàn Yí qiè dōu bú shùn yǎn
一切都討厭！一切都不順眼！

Ā Huá nǐ zěn me le
「阿華，你怎麼了？」

Sūn Huá mā tīng jiàn xiǎng shēng tàn jin tóu lai jīng qí de wèn
孫華媽聽見響聲，探進頭來，驚奇地問。

Sūn Huá yì tóu dǎo zài chuáng shang miàn kǒng cháo lǐ bù lǐ mā ma
孫華一頭倒在牀上，面孔朝裏，不理媽媽。

Shuí qī wǔ nǐ le
「誰欺侮你了？」

Sūn Huá mā shuāng shǒu zài wéi qún shang cā le cā zǒu shang qián qu fǔ shēn bān zhù Sūn Huá
孫華媽雙手在圍裙上擦了擦，走上前去，俯身扳住孫華
de jiān bǎng qīn nì de wèn
的肩膀，親暱地問。

Bú yào nǐ guǎn Bú yào nǐ guǎn
「不要你管！不要你管！」

Sūn Huá yì huī shǒu chà yì diǎn méi dǎ zhe tā mā ma de liǎn
孫華一揮手，差一點沒打着他媽媽的臉。

Hé shuí òu qì le Kuài shuō gěi mā tīng ya
「和誰慪氣了？快說給媽聽呀！」

Sūn Huá mā yì diǎn bù shēng qì réng rán róu shēng shuō Yí huìr tā hū rán xiǎng qǐ le shén me zháo jí de wèn
孫華媽一點不生氣，仍然柔聲說。一會兒，她忽然想起了甚麼，着急地問：

Shì bu shì jīn tiān bān shang xuǎn jǔ nǐ luò xuǎn le
「是不是今天班上選舉，你落選了？」

Mā ma zhè huà jiù xiàng yì gēn zhuī zi shēn shēn de zhā jìn le Sūn Huá de xīn Tā zài yě rěn bu zhù le měng de bǎ tou mái zài zhěn tou li wā de yì shēng kū le chū lái
媽媽這話，就像一根錐子深深地扎進了孫華的心。他再也忍不住了，猛地把頭埋在枕頭裏，「哇」的一聲哭了出來。

-2-

Shì de Sūn Huá luò xuǎn le
是的，孫華落選了。

Cóng xiǎo xué yī nián jí qǐ tā jiù dāng bān zhǎng lián xù wǔ nián le Méi xiǎng dào zhè xué qī kuà jìn liù nián jí tā jìng luò xuǎn le
從小學一年級起，他就當班長，連續五年了。沒想到，這學期跨進六年級，他竟落選了。

Bān zhǎng de tóu xián céng gěi Sūn Huá dài lái duō shǎo róng yào a Xióng jiū jiū qì áng áng de dài biǎo bān jí lǐng jiǎng de shì tā bān jí gè xiàng huó dòng de zhǔ chí zhě shì tā tā kě yǐ duì tóng xué men fā hào shī lìng ràng dà jiā fú cóng tā tā kě yǐ suí biàn chū rù lǎo shī
班長的頭銜，曾給孫華帶來多少榮耀啊！雄赳赳氣昂昂地代表班級領獎的，是他；班級各項活動的主持者，是他；他可以對同學們發號施令，讓大家服從他；他可以隨便出入老師辦公室，向班主任匯報工作……

可是，這一切都將失去了，失去了！

他班長的身份同樣也曾是他爸爸媽媽的驕傲。他爸爸是政府的職員，媽媽是一家工廠的會計。每當親戚朋友來家做客，媽媽總首先拉出他來介紹：「瞧，我家阿華還是班裏的『小領袖』哪！」媽媽這話，總引起客人們對他的一番誇獎，孫華的心裏自然也是甜滋滋的。有一個星期日，媽媽帶他一起去看一個朋友，匆忙中孫華換了件衣服忘記戴上班長徽章，媽媽情願搭乘下一趟車，也硬要他回去把那徽章戴起來。孫華媽常說：「阿華臂上有了這徽章，多神氣呀！」

可從現在起，這徽章他不能再戴了，不能再戴了……

孫華哭得很兇。他的心裏能不難過嗎？

今天選舉時，同學們先就幾個候選人談各自的看法。他萬萬沒想到同學們竟對他有那麼多的意見。雖然也有人說他好的，如「願意搞好班級工作」「肯帶頭」「點子也多」等等。但居多的，是說他聽不進相反意見，平時好教訓人、好使喚人；

特別是那個老和他作對的搗蛋鬼方明強說話最「沖」了，甚至說他愛擺「官架子」，喜歡打「小報告」……你們不選就不選，說這種刺人的話幹甚麼？甚麼「官架子」「打小報告」，當幹部沒有一點權威能行嗎！孫華真想站起來反駁，當然他是不會這樣做的，他儘量做出笑瞇瞇的很虛心的樣子聽同學們發言。唱票的時候，他的心裏是多麼緊張啊。當宣佈選票結果：葉彤比他多一票，由葉彤擔任班長時，他差一點沒暈過去。只差一票哇，多冤枉……

媽媽的猜測已被孫華的哭聲證實了。她愣愣地坐在孫華身邊，半天沒能說出一句話。停了好一會兒，她忽然笑嘻嘻地，用一種十分輕鬆的口氣，安慰孫華道：

「哎呀，哭甚麼，傻孩子！我以為甚麼大不了的事呢，一個小小的班長，不當就不當！你也樂得輕鬆些，免得把時間浪費在出牆報啦、開會啦、收作業本啦這些亂七八糟的班級工作上，把時間花在學習上才是正經事。將來成績好，上重點中學、升大學，那才有出息呢！」

媽媽總有媽媽的理論，她倒一下子就為孩子想通了。她到外屋去絞了塊熱毛巾，一邊替孫華擦淚，一邊說：

「快別哭了，哭壞了身子怎麼辦？哭腫了眼睛，讓那些不選你的人看見了，人家更高興，你倒要快活快活，氣氣他們！」

還要媽媽教嗎？剛才在教室裏孫華已經這樣做了。但那種裝出來的「快活」，只會使他更痛苦；那種虛假的「笑」，簡直比哭還難受！

這一天，孫華沒吃晚飯就睡了。

-3-

「媽媽，我不要穿這件外套！不要穿不要穿！」

孫華媽又從衣櫥裏拿出了另一件外套。

孫華看了看這件外套的衣袖，又嚷了起來：

「這件我也不要穿！不要穿！」

「我的小祖宗，你的五件外套全在這裏呢！一清早的時間都讓你浪費掉了，媽還要上班哪！」

「我不要穿嘛！你看看這袖子上——」

原來，由於長期佩戴着那班長徽章，孫華的每件外套的左袖上都留下了一小塊印痕——他不想讓這印痕刺痛自己的眼睛，也不想讓人一看見這印痕就想起他是個曾經戴過徽章如今落選的人。

「你叫我怎麼辦哪？服裝店門還沒開呢！真沒想到，你不當班長了，連穿衣服都成了問題……」媽媽連連叫苦。

孫華在家裏，媽媽對他從來是百依百順的。這次選舉，竟有人把這個問題也端了出來，說他在學校裏積極，在家裏卻像個小少爺。孫華覺得這存心是在「雞蛋裏挑骨頭」！

媽媽在屋裏轉了兩圈，忽然想出了一個主意：

「有了！有了！阿華，你戴上我這上班用的袖套，不就能把印痕遮住了嗎？今天就將就點吧，下班回來媽給你買新衣服！」

有甚麼辦法，只能這樣了，要不，他和媽媽真的都要遲到了。

這袖套也實在太大了點，差不多快套到孫華的肩膀上了。儘管他這副樣子很有點像大馬路上戴着大白袖套的交通警，顯得有點不倫不類，但他覺得，無論如何總比讓人看到那討厭的印痕好。

就這樣，他以這「奇特」的裝扮，上學去了。

萬萬沒想到，剛上課，他又出了個大「洋相」——

當老師走進教室，踏上講台，宣佈上課時，他竟然脫口喊出了：「立正！」

話剛一出口，他立刻醒悟了過來——天哪，這已經輪不到他喊啦！可是來不及了，同學們都回過頭來看他，那個搗蛋鬼方明強還縮着脖子做鬼臉，發出「嘰嘰咯咯」的怪笑聲……孫華那張臉頓時紅得像隻熟透的柿子，渾身「轟」的一下像着了火，只恨腳下沒個地洞給他鑽。

丟人！真丟人！

課根本沒法聽進去了，他的腦子裏暈暈乎乎的，耳邊彷彿一直迴響着同學們的取笑聲……

孫華痛苦地閉上了眼睛。

-4-

在課間，孫華儘管臉上仍然笑嘻嘻的，但畢竟不能像昨天那樣硬裝出一副輕鬆愉快的樣子了。他不是一個人默默地坐在座位上，就是遠遠地躲開同學。

這節語文課剛下課，班主任老師忽然來到了教室。一瞬間，孫華習慣性地想到：老師是不是來找我的？可，不是！找的是葉彤。

大概是來商量班級裏甚麼工作的吧，老師把葉彤喊到教室外的走廊裏，兩人靠得很近地談着話，葉彤正兒八經地在敘說着甚麼，老師不時微笑地點着頭。孫華遠遠地看着他們，心裏說不出是甚麼滋味。照理，這一切是屬於他的，只有他才能和老師這樣談話，可現在，卻換了葉彤！

刺眼的事情實在太多了。

今天又趕上大掃除。葉彤站在講台上分配各小隊的工作：有的擦窗，有的掃地，有的抹桌子，有的清除垃圾……葉彤顯然太不老練了，說話時紅着臉，有時候還口吃，眼睛老看着事先擬在紙上的分配方案。孫華越看越不順眼——以往，這「總指揮」的角色當然是他擔任的，他只需幾分鐘就能熟練地把工作分配完，簡直談不上花甚麼力氣，哪像葉彤現在這樣吞吞吐吐的，還用事先擬好的方案！這些年來，指揮別人已經成了他的習慣，可現在，他卻要老老實實地坐在座位上，翹首聽從自己曾經指揮過的人來指揮，他簡直無法忍受！

他就像坐在針氈上一般。他真想不通，葉彤有甚麼好！除了比他會討好別人，學習成績稍微好一點以外，無論活動能力、工作經驗，自己哪一點不如他！昨天剛選舉完畢，在掌

shēng zhōng lǎo shī ràng Yè Tóng biǎo gè tài tā jū rán zhēn de zhàn qi lai shuō le shuō yào xū xīn
聲中老師讓葉彤表個態，他居然真的站起來說了，說要虛心

xiàng tóng xué men xué xí ràng dà jiā jiān dū tā gòng tóng gǎo hǎo bān jí gōng zuò huán kǒu kou shēng
向同學們學習，讓大家監督他共同搞好班級工作；還口口聲

shēng shuō yào qǐng zì jǐ zhè ge lǎo bān zhǎng duō bāng zhù Hēng tā jiù huì shuō tǎo hǎo
聲說要請自己這個「老班長」多幫助——哼，他就會說討好

bié rén de huà
別人的話……

Sūn Huá zhēn xī wàng yǒu rén tū rán zhàn qi lai fǒu dìng Yè Tóng de fēn pèi fāng àn kě méi
孫華真希望有人突然站起來否定葉彤的分配方案，可沒

yǒu tóng xué men dōu ná qǐ gōng jù gāo gāo xìng xìng de gè gàn gè de le shuí yě méi yǒu lǐ
有，同學們都拿起工具，高高興興地各幹各的了，誰也沒有理

huì tā de xīn qíng
會他的心情。

Rú guǒ shuō zuó tiān tā gāng luò xuǎn xīn li jǐn jǐn shì bèi nán guò hé wěi qu zhé mó de
如果說，昨天他剛落選心裏僅僅是被難過和委屈折磨的

huà nà me jīn tiān tā yǐ bèi yì zhǒng yuàn qì hé jí hèn suǒ lǒng zhào le Bù guǎn zěn me
話，那麼，今天他已被一種怨氣和嫉恨所籠罩了。不管怎麼

shuō tā bù xiāng xìn bù yóu tā dāng bān zhǎng bān jí gōng zuò néng gǎo hǎo Bù xiāng xìn
說，他不相信不由他當班長班級工作能搞好。不相信！

-5-

Zhè xiē rì zi yǐ lái Sūn Huá yuè lái yuè gǎn jué dào tā zài lǎo shī hé tóng xué xīn mù
這些日子以來，孫華越來越感覺到，他在老師和同學心目

zhōng de dì wèi gěi Yè Tóng tì dài le tā yuán lái suǒ xí guàn de yí qiè shī qù le ér bù xí
中的地位給葉彤替代了，他原來所習慣的一切失去了，而不習

guàn de dōng xi què děi chóng xīn xí guàn qi lai
慣的東西卻得重新習慣起來。

Zhè yí zhèn gè bān dōu zài wèi jí yóu ér máng lù zhe Běn zhōu mò quán xiào jiù yào
這一陣，各班都在為集郵而忙碌着。本周末，全校就要
jìn xíng jí yóu píng bǐ le
進行集郵評比了。

Shàng xué qī tā men liù nián yī bān huò dé le dì yī míng Zhè dāng rán yǔ Sūn Huá de
上學期，他們六年一班獲得了第一名。這當然與孫華的
nǔ lì shì fēn bu kāi de Nà shí tā dào chù bēn bō shàng yóu jú zǒu qīn qi shèn zhì
努力是分不開的。那時，他到處奔波，上郵局、走親戚，甚至
fā dòng le tā bà ba mā ma xiàng suǒ yǒu de qīn yǒu fā xìn ràng tā men huí xìn shí wù bì tiē
發動了他爸爸媽媽向所有的親友發信，讓他們回信時務必貼
zhǐ dìng de jì niàn yóu piào Qù nián tā yí gè rén jiù gòng xiàn chū shí tào yóu piào zhěng zhěng
指定的紀念郵票。去年，他一個人就貢獻出十套郵票，整整
shí tào na ér qiě dà dōu shì gāo miàn zhí de Dāng tā men bān yáo yáo lǐng xiān tā dài biǎo bān
十套哪，而且大都是高面值的！當他們班遙遙領先，他代表班
jí shàng tái lǐng jiǎng shí xīn li bié tí duō dé yì le
級上台領獎時，心裏別提多得意了！

Zhè xué qī de xíng shì kě yǒu diǎn chī jǐn jù xiāo xi líng tōng rén shì tòu lù qù nián de
這學期的形勢可有點吃緊，據消息靈通人士透露，去年得
dì èr míng de liù nián sān bān yóu yú gōng zuò zhuā de zǎo xiàn zài yǐ jīng bǐ tā men duō shōu jí
第二名的六年三班，由於工作抓得早，現在已經比他們多收集
le yí tào Zhōng guó pīng pāng qiú duì róng huò qī xiàng shì jiè guàn jūn jì niàn yóu piào hé bàn tào Xú
了一套「中國乒乓球隊榮獲七項世界冠軍紀念」郵票和半套徐
Bēi hóng de jùn mǎ tú yóu piào
悲鴻的「駿馬圖」郵票。

Tóng xué men dōu hěn zháo jí yí xià kè jī hū dōu zài yì lùn jí yóu de shì Sūn Huá
同學們都很着急，一下課幾乎都在議論集郵的事。孫華
suī rán yě jiā rù le dà jiā de yì lùn yě xiǎn de shí fēn jiāo jí dàn xīn li què àn àn hǎo
雖然也加入了大家的議論，也顯得十分焦急，但心裏卻暗暗好
xiào Xíng shì míng bǎi zhe yào zhàn shèng liù nián sān bān tán hé róng yì Hēi tā bú dāng
笑：形勢明擺着，要戰勝六年三班，談何容易！嘿，他不當

bān zhǎng hái néng zhè yàng qīng qīng sōng sōng de bǎo chí dì yī míng Xiào hua
班長，還能這樣輕輕鬆鬆地保持第一名？笑話！

Míng tiān jiù yào píng bǐ le jǐn guǎn tóng xué men dōng pīn xī còu yòu gǎo dào le yí tào
明天就要評比了，儘管同學們東拼西湊又搞到了一套
Sū zhōu liú yuán de fēng jǐng yóu piào dàn yǔ liù nián sān bān xiāng bǐ hái chà bàn tào kàn lái
「蘇州留園」的風景郵票，但與六年三班相比還差半套，看來
shān qióng shuǐ jìn bài jú yǐ dìng le Shuō yě qí guài xiàng yí kuài bīng táng zài xīn li màn màn róng
山窮水盡，敗局已定了。說也奇怪，像一塊冰糖在心裏慢慢溶
huà Sūn Huá luò xuǎn yǐ lái dì yī cì gǎn dào yǒu yì zhǒng shuō bu chū de shuǎng kuai
化，孫華落選以來第一次感到有一種說不出的爽快。

Zhè tiān fàng xué Sūn Huá hēng zhe gē huí dào le jiā li Mā ma xiàng zhī dao tā de xīn
這天放學，孫華哼着歌回到了家裏。媽媽像知道他的心
qíng tā gāng tuī kāi mén mā ma jiù mǎn miàn xiào róng de yíng le shàng lái shǒu li jǔ zhe yí gè
情，他剛推開門，媽媽就滿面笑容地迎了上來，手裏舉着一個
bāo guǒ
包裹：

Ā Huá nǐ kàn kuài kàn Nǐ jiù jiu jì lái de bāo guǒ shang tiē le yì zhāng duō me
「阿華，你看，快看！你舅舅寄來的包裹上貼了一張多麼
hǎo de yóu piào Tā xìn shang hái shuō shì tè dì wèi nǐ mì lái de ne
好的郵票！他信上還說，是特地為你覓來的呢！」

Sūn Huá jí máng qiǎng xia bāo guǒ yí kàn Yā zhè jìng shì yì zhāng xī yǒu de jì niàn
孫華急忙搶下包裹一看：呀，這竟是一張稀有的「紀念
Zhōng huá rén mín gòng hé guó chéng lì shí wǔ zhōu nián de xiǎo quán zhāng yóu piào
中華人民共和國成立十五周年」的「小全張」郵票！

Sūn Huá de xīn pēng pēng luàn tiào shǒu yě fā dǒu le Rú guǒ tā xiàn zài lì jí fǎn huí xué
孫華的心怦怦亂跳，手也發抖了。如果他現在立即返回學
xiào bǎ zhè zhāng yóu piào jiāo dào bān shang nà tóng xué men gāi shì zěn yàng de xīn xǐ ruò kuáng Zhè
校，把這張郵票交到班上，那同學們該是怎樣的欣喜若狂！這
yì zhāng xiǎo quán zhāng děng yú yí tào zhè yàng fǎn ér néng bǐ liù nián sān bān lǐng xiān bàn tào
一張「小全張」等於一套，這樣，反而能比六年三班領先半套
Dàn shì tā néng rěn shòu zì jǐ luò xuǎn hòu bān li yòu dé quán xiào jí yóu dì yī míng ma
……但是，他能忍受自己落選後班裏又得全校集郵第一名嗎？

Tā néng yǎn zhēng zhēng de kàn zhe Yè Tóng dài biǎo bān jí dé yì yáng yáng de zǒu shàng zhǔ xí tái lǐng
他能眼睜睜地看着葉彤代表班級得意洋洋地走上主席台領
jiǎng ma
獎嗎？

Sūn Huá é shàng de hàn yě chū lai le Bù bù xíng Chú le mā ma chú le zì
孫華額上的汗也出來了。不，不行！除了媽媽、除了自
jǐ yǒu shuí zhī dao tā yǒu zhè yì zhāng yóu piào ne Shuí jiào tā men bù xuǎn zì jǐ dāng bān zhǎng
己，有誰知道他有這一張郵票呢？誰叫他們不選自己當班長？
Dì yī míng bèi rén jia qiǎng zǒu huó gāi
第一名被人家搶走，活該！

Jué dìng le fāng zhēn Sūn Huá yě píng jìng le Tā mò mò de jiǎn xia yóu piào mò mò
決定了方針，孫華也平靜了。他默默地剪下郵票，默默
de jiāng tā rēng jìn shuǐ pén li yì tóu zuān jìn zì jǐ de fáng jiān méi yǒu zài zuò shēng
地將它扔進水盆裏，一頭鑽進自己的房間，沒有再作聲。

Dì èr tiān Sūn Huá kǎo lǜ le hǎo jiǔ bù zhī shì nǎ gēn shén jīng bèi chù dòng le tā
第二天，孫華考慮了好久，不知是哪根神經被觸動了，他
zuì hòu hái shi xiǎo xīn yì yì de jiāng nà zhāng yóu piào chuāi zài kǒu dai li dài zhe tā dào xué xiào
最後還是小心翼翼地將那張郵票揣在口袋裏，帶着它到學校
qù le
去了。

Yí tà jìn jiào shì tā kàn dào tóng xué men dōu hěn jǔ sàng Xiǎn rán zuó tiān fàng
一踏進教室，他看到同學們都很沮喪——顯然，昨天放
xué hòu dà jiā dōu háo wú shōu huò liù nián sān bān dì yī míng duó dìng le
學後大家都毫無收獲——六年三班第一名奪定了。

Chà nà jiān Sūn Huá xiǎng bǎ nà zhāng yóu piào tāo chu lai ràng dà jiā dà chī yì jīng
剎那間，孫華想把那張郵票掏出來，讓大家大吃一驚，
dāng rán zì jǐ yě néng yīn cǐ xuàn yào yì fān dàn tā zhōng yú méi yǒu zhè yàng zuò Jì rán yì kāi
當然自己也能因此炫耀一番，但他終於沒有這樣做。既然一開
shǐ méi ná chu lai yǐ hòu shì jué bù néng zài ná chū lái le
始沒拿出來，以後是絕不能再拿出來了。

有一位同學着急地對孫華說：

「孫華，你以前點子那麼多，現在不能再想想辦法嗎？」

「有甚麼辦法？只能認輸！」

孫華攤開雙手，顯得無可奈何。接着，他也跟着同學們一起歎氣，一起惋惜。

幹這種事情畢竟不是那麼輕鬆的，在發獎會上，孫華心裏像揣了隻兔子似的忐忑不安。當他看到六年三班的班長，捧着獎狀站在主席台上向大家致意時，他並沒有像預料的那樣高興，心裏竟有些遺憾和不安。

評獎會結束，在走回教室的路上，孫華掏出手帕擦鼻子，竟把那張「小全張」郵票帶了出來，而且不偏不倚，正好飄飄悠悠落在方明強的腳前。

方明強低頭一看，立即大叫了起來：

「啊！一張『小全張』！」

他張大嘴巴，瞪大眼睛直盯着孫華看，那副吃驚的樣子，不亞於看到一顆正在冒煙的手榴彈。

Tóng xué men dōu wéi le shàng lái Dùn shí shén me jiān kè de huà dōu yǒng le chū lái
同學們都圍了上來。頓時，甚麼尖刻的話都湧了出來……

Sūn Huá yóu rú méi xīn bèi rén zhòng zhòng de jī le yì quán dùn jué tiān xuán dì zhuàn
孫華猶如眉心被人重重地擊了一拳，頓覺天旋地轉，
liǎng yǎn fā hēi Tā xiàng yí gè zuì hàn fēn kāi rén qún diē diē zhuàng zhuàng de pǎo chū le
兩眼發黑！他像一個醉漢，分開人羣，跌跌撞撞地跑出了
xué xiào
學校……

-6-

Chū chūn de fēng shì zhè me lěng kě tā xīn li zào rè liǎn jiá gǔn tàng mǎn shēn dōu mào
初春的風是這麼冷，可他心裏燥熱，臉頰滾燙，滿身都冒
zhe hàn
着汗……

Chéng shì de mǎ lù shì nà me cáo zá kě tā shén me yě tīng bu jiàn nǎo zi li yí
城市的馬路是那麼嘈雜，可他甚麼也聽不見，腦子裏一
piàn kòng bái
片空白……

Sūn Huá diē diē zhuàng zhuàng de zǒu a zǒu
孫華跌跌撞撞地走啊，走……

Zǒu shàng yí zuò dà qiáo tā fǔ zài lán gān shang dāi dāi de kàn zhe yōu yōu dōng qù de
走上一座大橋，他俯在欄杆上，呆呆地看着悠悠東去的
liú shuǐ chū shén dàn hěn kuài tā jiù bì shàng le yǎn jing Nà xī yáng xià hé shuǐ fàn qǐ de
流水出神，但很快，他就閉上了眼睛——那夕陽下河水泛起的
lín lín bō guāng duō xiàng bān shang tóng xué men yì shuāng shuāng nù shì de yǎn jing a
粼粼波光，多像班上同學們一雙雙怒視的眼睛啊！

走過一所小學，學校也正放學，校門口擁出一羣歡天喜地的孩子，他很快避開了——那無數攀肩拉手的夥伴，多像自己班上的同學啊！

他避開行人，繞過馬路，漫無目的地走啊，走……

前面是一個尚未竣工的建築工地，工人們都已下班。他走了進去。這裏遠離鬧市，似乎安靜一些了——可他容不得安靜——當他剛在一塊水泥預製板上坐下來的時候，剛才同學們圍着他所爆發出的驚訝、鄙視、責難……就像一串串炸雷在他耳邊轟響：

「哼！自己不當班長，連集體的榮譽也不要了，真壞！」

「不想想他過去當班長的時候，是怎樣教訓別人的！」

「幸虧沒選他當班長！」

……

一些原來投他的票，對他的「落選」曾表示過同情的同學也發出憤憤的聲音：

「真想不到，他原來是這樣一種人！」

Jiǎn zhí lián yì bān de tóng xué dōu bù rú
「簡直連一般的同學都不如……」

Tā bǎ yí gè bān zhǎng kàn de yě tài zhòng le
「他把一個班長看得也太重了！」

……

Zhè xiē huà yóu rú yì cháng bào yǔ pī tóu gài liǎn de cháo tā xí lái shǐ tā tóu yūn
這些話，猶如一場暴雨劈頭蓋臉地朝他襲來，使他頭暈
mù xuàn chuǎn bu guò qì lai
目眩，喘不過氣來。

Sūn Huá tòng kǔ de pěng zhù le nǎo dai
孫華痛苦地捧住了腦袋。

Céng jì de yí cì quán xiào zǎo cāo dà bǐ sài Fāng Míng qiáng sōng sōng kuǎ kuǎ pò huài le
曾記得，一次全校早操大比賽，方明強鬆鬆垮垮破壞了
duì liè tā shì zěn yàng hěn hěn de pī píng tā sǔn hài le bān jí de róng yù Yīn wèi nà shí
隊列，他是怎樣狠狠地批評他損害了班級的榮譽——因為那時
tā shì bān zhǎng
他是班長！

Céng jì de wèi le bǎ bān jí de suàn shù zǒng fēn lā shang qu tā shì zěn yàng chī kǔ nài
曾記得，為了把班級的算術總分拉上去，他是怎樣吃苦耐
láo de wèi hòu jìn tóng xué bǔ xí gōng kè suī rán miǎn bu liǎo yào duì nà xiē Yú mù nǎo guā shuǎ
勞地為後進同學補習功課，雖然免不了要對那些「榆木腦瓜」耍
shuǎ tài du Yīn wei nà shí tā shì bān zhǎng
耍態度——因為那時他是班長！

Wèi le chū hǎo bān shang de qiáng bào tā méi shǎo cāo xīn wèi le gǎo hǎo bān jí wèi
為了出好班上的牆報，他沒少操心；為了搞好班級衛
shēng tā méi shǎo chū hàn wèi le chóu huà chūn yóu yuǎn zú tā méi shǎo fèi shén Yīn wei nà
生，他沒少出汗；為了籌劃春遊遠足，他沒少費神——因為那
shí tā shì bān zhǎng
時他是班長！

Zǒu zài lù shang tā shì cōng cōng máng máng de shàng tái fā yán tā shì qì yǔ xuān áng de
走在路上，他是匆匆忙忙的；上台發言，他是氣宇軒昂的；

zhǎo tóng xué tán huà tā shì jū gāo lín xià de Yīn wei nà shí tā shì bānzhǎng a
找同學談話，他是居高臨下的——因為那時他是班長啊！

Kě rú jīn kě rú jīn
可如今，可如今……

Zì jǐ nán dào zhēn de shì nà me huài ma Zì jǐ shēng huó de wéi yī zhī zhù nán dào jiù
自己難道真的是那麼壞嗎？自己生活的唯一支柱難道就
shì wèi liǎo dàng bān zhǎng ma Ō bù bù Kě zhè xiē rì zi zì jǐ yòu xiǎng le xiē shén me
是為了當班長嗎？噢，不不！可這些日子自己又想了些甚麼，
gàn le xiē shén me ne
幹了些甚麼呢……

Gāi xiǎng yi xiǎng gāi xiǎng yi xiǎng le
該想一想，該想一想了！

Cóng jīn yǐ hòu lǎo shī huì zěn me kàn tā Tóng xué men néng yuán liàng tā ma Tā hái
從今以後，老師會怎麼看他？同學們能原諒他嗎？他還
yǒu liǎn tà jìn zì jǐ de jiào shì ma Nà xiē cóng lái bú dāng bān zhǎng bú dāng gàn bù de
有臉踏進自己的教室嗎……那些從來不當班長、不當幹部的
tóng xué wèi shén me huān tiān xǐ dì tā men jiū jìng shì wèi le shén me ér shēng huó de Yǐ qián
同學為甚麼歡天喜地，他們究竟是為了甚麼而生活的？以前，
tā men yòu shì zěn yàng rěn shòu zì jǐ suǒ wèi jū gāo lín xià de zhǐ huī de ne Tā hé tóng
他們又是怎樣忍受自己所謂居高臨下的「指揮」的呢？他和同
xué men zhī jiān jiū jìng xiāng chā le xiē shén me Tā hái néng zuò yí gè zhèng zhí de xué sheng ma
學們之間究竟相差了些甚麼？他還能做一個正直的學生嗎？
Xiàn zài tā zhǐ xiǎng zuò yí gè zhèng zhí de bèi rén kàn de qǐ de pǔ tōng xué sheng pǔ tōng
現在，他只想做一個正直的、被人看得起的普通學生，普通
xué sheng
學生！

Lèi shuǐ guà mǎn le tā de liǎn jiá Yí qiè tòng kǔ yí qiè xiū kuì yí qiè huǐ
淚水，掛滿了他的臉頰。一切痛苦、一切羞愧、一切悔
hèn dōu suí zhe zhè lèi shuǐ cóng tā de xīn tián li liú le chū lái
恨，都隨着這淚水從他的心田裏流了出來……

Tā zhēn zhèng kāi shǐ tòng kū le
他真正開始痛哭了。

後　記

這套注音本裏所收的短篇小説是我最初的創作：

那時，兒童文學創作界深受前輩陳伯吹先生兒童文學理論的影響，把兒童情趣的營造當做很高的追求，其實這沒錯也非淺薄，兒童情趣也是兒童文學區別於其他文學門類的重要特徵。事實上，兒童情趣的獲得是極難的，要達到「妙趣橫生」的境界談何容易，就像幽默感這麼高貴的東西不是誰都能擁有的一樣。這些小説中許多調皮的孩子身上都有我童年的影子，雖説那個年代物質匱乏、生活清苦，但我們無比快樂，我們可以盡情地奔跑追逐、嬉戲玩耍，我們和大自然、小動物有親密的接觸，我們能發明層出不窮的玩的花樣……相比現在的孩子沉重的學業、對成績和名校過分的追求，我們的童年是多麼的幸運！其實，「會玩」是值得推崇的，在「玩」的裏面隱含着無盡的想像力和創造力。我相信，一個「會玩」的孩子一定身體健康、心理陽光、充滿情趣，你説對孩子還有甚麼比這更高的期盼！

這套注音本裏還有一批抒情性的小説：

那時「以情見長」、「以情感人」的文學理念非常流行，所以有一段不太長的時間我無論在選材上還是在行筆上，很刻意地去追求純情和唯美，我努力想把自己感受到的一些美好的情愫傳達給孩子。而今，當我再度讀到我那時寫下的文字，有時會為自己當初的稚嫩而啞然失笑，有時卻又為自己感動，感動自己年輕的時候竟有那麼純真美好的情懷。我嘗試着把這些作品讀給我9歲的孫子聽，他竟聽得極為入神，我稍停片刻，他就迫不及待地催問後來呢、後來呢。我把關心姐姐在電台裏誦讀的我的作品片斷播放給他聽，他更是聽得如痴如醉。孩子確實需要美好情感的滋養，這樣，快樂和高雅會陪伴着他的人生。

希望小朋友們能喜歡我的這些作品。

劉健屏

2018年1月

責任編輯 楊紫東 楊禾語
裝幀設計 鄧佩儀
排　　版 鄧佩儀
印　　務 劉漢舉

兒童成長故事注音本

膽小的勇士

劉健屏 著

出版｜中華教育
香港北角英皇道 499 號北角工業大廈 1 樓 B 室
電話：(852) 2137 2338　傳真：(852) 2713 8202
電子郵件：info@chunghwabook.com.hk
網址：http://www.chunghwabook.com.hk

發行｜香港聯合書刊物流有限公司
香港新界荃灣德士古道 220-248 號荃灣工業中心 16 樓
電話：(852) 2150 2100　傳真：(852) 2407 3062
電子郵件：info@suplogistics.com.hk

印刷｜美雅印刷製本有限公司
香港觀塘榮業街 6 號海濱工業大廈 4 字樓 A 室

版次｜ 2022 年 12 月第 1 版第 1 次印刷

規格｜ 16 開（210mm x 170mm）

ISBN｜ 978-988-8809-23-3